MA SŒUR EST UNE

VAMPIRE

IN-CROC-YABLE !

D1080941

Sienna Mercer

Traduit de l'anglais par
Patricia Guekjian

ADA
JEUNESSE

Remerciement tout spécial à Josh Greenhut

Copyright © 2007 Working Partners Limited
Titre original anglais : My Sister the Vampire, Book Two : Fangtastic!
Copyright © 2012 Éditions AdA Inc. pour la traduction française
Cette publication est publiée en accord avec HarperCollins Publishers

Éditeur : François Doucet
Traduction : Patricia Guekjian
Révision linguistique : Féminin pluriel
Correction d'épreuves : Nancy Coulombe, Katherine Lacombe
Montage de la couverture : Matthieu Fortin, Paulo Salgueiro
Illustration de la couverture : © 2007 Paige Pooler
Conception de la couverture : Joel Tippie
Mise en pages : Sylvie Valois
ISBN papier 978-2-89667-595-1
ISBN PDF numérique 978-2-89683-426-6
ISBN ePub : 978-2-89683-427-3
Première impression : 2012
Dépôt légal : 2012
Bibliothèque et Archives nationales du Québec
Bibliothèque Nationale du Canada

Éditions AdA Inc.
1385, boul. Lionel-Boulet
Varennes, Québec, Canada, J3X 1P7
Téléphone : 450-929-0296
Télécopieur : 450-929-0220
www.ada-inc.com
info@ada-inc.com

Diffusion
Canada : Éditions AdA Inc.
France : D.G. Diffusion
Z.I. des Bogues
31750 Escalquens — France
Téléphone : 05.61.00.09.99
Suisse : Transat — 23.42.77.40
Belgique : D.G. Diffusion — 05.61.00.09.99

Imprimé au Canada

SODEC

Participation de la SODEC.
Nous reconnaissons l'aide financière du gouvernement du Canada par l'entremise du Programme d'aide au développement de l'industrie de l'édition (PADIÉ) pour nos activités d'édition.
Gouvernement du Québec — Programme de crédit d'impôt pour l'édition de livres — Gestion SODEC.

Pour Jenny Meyer, qui est totalement mortelle

CHAPITRE 1

Ivy Vega se traîna les pieds jusqu'à la salle à manger, se glissa dans sa chaise et laissa reposer sa joue contre la pierre fraîche de la table. Elle aurait aimé être encore dans son cercueil; les lundis matin étaient vraiment les pires.

— Bon matin, ma belle endormie, dit son père en plaçant un bol près de sa tête.

— Shhh, murmura Ivy, les yeux toujours fermés, je dors encore.

— Ce sont tes préférées, dit-il d'un ton mielleux. Les plaquettes de guimauves.

Ivy jeta un coup d'œil aux petites guimauves blanches et aux céréales marron qui flottaient dans une mer de lait.

— Merci, murmura-t-elle.

Son père, déjà prêt pour aller travailler, était vêtu d'un pantalon noir et d'une chemise rayée, noire également, à manchettes françaises. Il sirota son thé et prit la télécommande.

— Il n'y a rien de mieux pour les jeunes cerveaux endormis, dit-il, qu'un peu de télévision matinale.

Il passa outre la chaîne météo et quelques émissions de variétés avant de s'arrêter sur *La Star du matin*.

— Pas ça, s'il te plaît, le supplia Ivy. Le simple fait de regarder le sourire de Serena Star me donne des coups de soleil.

Serena Star, la meilleure intervieweuse de célébrités de la chaîne WowTélé, avait des cheveux blonds peroxydés et des yeux qu'on aurait dits chirurgicalement programmés pour demeurer grands ouverts en tout temps, figés dans une expression d'adoration ou de choc. Dernièrement, elle avait décidé de se faire passer pour une journaliste sérieuse en lançant sa propre émission matinale de nouvelles, *La Star du matin*. L'autre jour, Ivy, exaspérée, avait éteint la télévision après que Serena ait déclaré : « Dites-moi, Monsieur le sénateur, qu'est-ce que ça fait d'avoir une loi nommée en son honneur ? »

Ce matin, Serena Star faisait dos à un petit groupe de personnes et parlait dans son microphone. Elle portait une minuscule minijupe en suède bleu et un imperméable qui lui descendait jusqu'aux genoux ; ses grands yeux affichaient une expression choquée. Elle était soit dans un parc, soit dans un cimetière. Un adolescent débraillé vêtu de noir était debout à ses côtés.

Le père d'Ivy changea de chaîne.

— Non, recule ! lança Ivy.

— Mais tu as dit…

— Je sais, mais recule ! répéta-t-elle.

Ivy n'en croyait pas ses yeux : le garçon à côté de Serena Star n'était nul autre que Garrick Stephens, l'un des vampires les plus nuls de son école. Lui et ses crétins d'amis — tout le monde les appelait les Bêtes — étaient toujours en train de faire des trucs stupides, comme déterminer lequel d'entre eux pouvait manger le plus de croûtons à l'ail avant de tomber sérieusement malade. Ils n'étaient pas aussi effrayants que leur odeur le laissait présager, mais ils étaient embêtants au plus haut point, et ce, depuis toujours.

«Que fait-il sur une chaîne de télévision nationale ?» se demanda Ivy.

— Je crois que c'est le cimetière local, dit son père.

Ivy se rendit compte qu'il avait raison. Cet événement se déroulait à moins de cinq pâtés de maisons de sa demeure.

La caméra changea de prise de vue pour montrer une tombe vide, et le père d'Ivy augmenta le volume de la télévision.

On entendit la voix de Serena Star en hors champ :

— Hier, des funérailles qui avaient lieu dans une petite ville ont fini d'atroce façon. Monsieur Alan Koontz, un défunt citoyen, devait être enterré ici même, au cimetière Franklin Grove Memorial. Des témoins oculaires disent qu'alors que l'on portait monsieur Koontz en terre, son cercueil s'est ouvert en grinçant.

La caméra fit un gros plan sur un étincelant cercueil, couleur bleu nuit, ouvert à côté de la tombe.

— À la suite d'une tournure d'événements pour le moins étrange, une personne *vivante* en est finalement ressortie ! continua Serena. La veuve de monsieur Koontz s'est évanouie sur le coup et a dû être transportée d'urgence à l'hôpital général de Franklin Grove.

Le visage de Serena Star, sourcils froncés, réapparut à l'écran.

— Des amis de la famille ont déclaré que la personne qui se trouvait dans le cercueil ne ressemblait aucunement à monsieur Koontz et qu'il s'agissait, en fait, d'un adolescent.

La caméra recula pour révéler Garrick en train de lécher sa paume et de lisser ses cheveux avec celle-ci.

Maintenant, Ivy fronçait les sourcils elle aussi ; Garrick et ses amis ne connaissaient pas la signification du mot « discret ». Ils ne savaient probablement même pas l'épeler. Depuis leur plus tendre enfance, Ivy avait toujours été stupéfaite de voir à quelle fréquence les Bêtes passaient tout près de transgresser la première Loi de la nuit : les vampires ne doivent *jamais* révéler leur véritable nature aux étrangers.

Le simple fait d'y penser rendait Ivy inconfortable. Après tout, elle avait elle-même transgressé cette loi récemment. Mais il faut bien dire qu'elle n'avait pas eu le choix ; elle ne pouvait tout de même pas garder le secret face à sa jumelle, même si elle était une humaine.

Olivia et elle venaient de se rencontrer au début de l'année scolaire. Elles avaient été séparées à la naissance, puis adoptées par des parents différents. Ainsi donc, Ivy n'avait jamais su qu'elle avait une sœur jumelle jusqu'à ce qu'Olivia arrive à l'école secondaire Franklin Grove. Le choc avait été aussi grand pour elle que pour Olivia.

« J'ai peut-être transgressé la première Loi de la nuit, mais au moins, je ne me suis pas révélée au monde entier à la télévision nationale ! » se dit Ivy.

Serena Star regarda droit dans la caméra.

— Je suis Serena Star et je vous présente aujourd'hui une entrevue exclusive avec un garçon de 13 ans qui a failli être enterré vivant. Je crois que vous serez d'accord avec moi pour dire que cette histoire est véritablement… incorpsiable !

Un graphique affichant le mot « Incorpsiable ! » apparut au-dessus de la tête de Garrick, et Ivy leva les yeux au ciel. Serena inventait toujours des mots stupides pour ses gros titres à l'écran.

— Génial ! dit Garrick Stephens en souriant largement.

Ivy commença à avoir mal à la tête.

« Comment diable allons-nous camoufler un vampire qui sort d'un cercueil au beau milieu d'une cérémonie funéraire ? » se dit-elle.

— Monsieur Stephens, dit Serena Star en se retournant face à son invité, comment vous sentez-vous ?

— Je me sens en pleine forme ! répondit Garrick.

— Incroyable ! commenta Serena en fronçant légèrement les sourcils.

Il était évident qu'elle s'attendait à ce que Garrick soit bouleversé.

— Combien de temps avez-vous passé dans ce cercueil ?

— Environ sept ou huit heures.

— Cela a dû être très troublant, l'encouragea Serena Star avec compassion.

— Seulement lorsque ces gars porteurs de cercueils m'ont déplacé et m'ont réveillé, dit Garrick en lançant un regard agacé hors du champ de la caméra.

— Êtes-vous en train de me dire que vous dormiez là-dedans ? demanda Serena Star en écarquillant encore davantage les yeux.

— Oui, répondit Garrick. J'ai dormi comme un mort.

Ivy grimaça tandis que Serena Star secouait la tête, incrédule.

— On dirait presque que cela vous a plu.

Garrick haussa les épaules.

— Monsieur Stephens, dit Serena Star d'un ton légèrement désapprobateur, quelle sorte de personne dort dans un cercueil?

— Ce n'était pas mon idée, dit Garrick en haussant les épaules.

— Ah, dit Serena Star. Alors, c'était l'idée de qui?

Garrick était sur le point de répondre, puis il changea d'avis. Il se croisa les bras.

— Je ne veux pas leur causer des ennuis.

— Êtes-vous en train de me dire que les personnes qui vous ont fait ceci sont vos *amis*? demanda Serena Star.

— Totalement, répliqua Garrick avec un large sourire.

— Vous voulez dire…

— Nous sommes les rois de l'école secondaire Franklin Grove! cria Garrick en faisant des expressions exagérées pour la caméra. Hé! Kyle, Ricky, Dylan! Je suis à la télé!

«Quel nul!» se dit Ivy.

— Mais qu'avaient-ils en tête exactement, vos amis? interrogea Serena Star.

— Ils m'ont mis au défi d'y entrer, expliqua Garrick, les yeux brillants de malice. C'est pour ça que je l'ai fait.

Ivy savait, par l'expression suffisante sur le visage de Garrick, qu'il mentait. Il prétendait qu'il s'agissait d'un défi afin d'éviter les secrets vampiriques, comme le fait de dormir dans des cercueils. Mais c'était tout de même un très mauvais alibi, surtout qu'il n'arrêtait pas de dire qu'il avait eu le « meilleur sommeil » de sa vie.

— L'Interna 3 est le meilleur cercueil de tous, dit-il avec enthousiasme en saisissant le microphone. Quand ils disent « Reposez en paix », c'est qu'ils le pensent vraiment !

— Monsieur Stephens, s'il vous plaît, interrompit Serena. Ça n'explique toujours pas comment vous avez abouti aux funérailles de monsieur Koontz.

— Oh, c'est vrai. Mes amis ont simplement pensé que ce serait drôle de me laisser dedans… Merci beaucoup les gars ! dit Garrick avec un clin d'œil. Et ensuite, la maison funéraire a mélangé les cercueils. Saviez-vous que l'Interna 3 est le cercueil le plus vendu aux États-Unis ?

Serena Star saisit brusquement le microphone.

— Alors, nous sommes censés croire que tout ceci n'était qu'une innocente farce d'étudiants? dit-elle à Garrick, qui haussa les épaules. Ou, continua-t-elle en se retournant lentement vers la caméra, y a-t-il quelque chose de plus *sinistre* à l'œuvre?

« Ah non, pensa Ivy. Serena Star sent qu'il y a anguille sous roche. »

— Il y a évidemment une obsession malsaine avec la mort, continua Serena tandis que la caméra s'approchait pour faire un gros plan de son visage choqué, qui a failli causer le décès de ce jeune marginal irréfléchi.

— Hé! Elle traite qui d'irréfléchi? fit Garrick en hors champ.

— Et il n'est pas le seul, continua Serena en ignorant Garrick. Un seul regard dans cette ville permet de révéler l'obscure obsession qui consomme l'esprit de ses enfants.

La transmission en direct s'arrêta un instant pour faire place à un enregistrement, tourné au centre commercial, montrant un groupe d'étudiants gothiques de sixième année.

— Les jeunes Américains sont-ils les prochains? demanda Serena d'une voix inquiète en réapparaissant à l'écran.

Puis, elle fronça les sourcils pour démontrer sa détermination.

— Moi, Serena Star, ne me reposerai pas avant de découvrir la macabre vérité qui se cache derrière ces événements.

« Ah non, pensa Ivy. Elle va dire sa fameuse réplique. »

— Parce que la Star de la vérité doit briller ! déclara Serena Star dramatiquement en agitant son microphone dans les airs.

C'était vraiment la pire phrase de fin d'antenne qu'Ivy avait entendue de toute sa vie.

— Je suis Serena Star. Téléspectateurs, réveillez-vous !

Une pause publicitaire commença et le père d'Ivy éteignit la télévision.

— Tu dois me promettre, dit-il, que si jamais tu passes à la télévision, tu feras une meilleure impression que ce Garrick Stephens.

— Ce n'est pas drôle, papa, dit Ivy. Si Serena Star commence sérieusement à enquêter sur les Gothiques de Franklin Grove, tu sais ce qu'elle pourrait découvrir. Et si elle révélait l'existence des vampires ? Aucun de nous ne serait plus jamais en sécurité !

Son père déposa sa tasse de thé.

— Ivy, dit-il, n'oublie pas qu'il s'agit d'une femme connue surtout pour ses exposés sur les chaussures des gens riches et célèbres! Je doute qu'elle puisse trouver de véritables preuves. De plus, aussitôt qu'il y aura de nouveaux potins à Hollywood, Serena Star oubliera complètement Franklin Grove.

Ivy poussa un soupir.

— J'espère que tu as raison, dit-elle en se levant pour rapporter son bol vide à la cuisine. Parce que sinon, trouver des céréales à base de plaquettes et de guimauves va devenir très difficile par ici.

Lundi matin, alors qu'elle arrivait devant l'école secondaire Franklin Grove, Olivia Abbott s'appliquait à mettre son rouge à lèvres rose en se regardant dans le miroir du pare-soleil, lorsqu'elle entendit sa mère prendre une grande respiration. Olivia remonta le pare-soleil et vit que les marches avant de l'école étaient bondées, et qu'une file de véhicules des médias encombrait la rue.

— Wow! dit Olivia.

Sa mère se stationna en double et commença à sortir de la voiture.

Olivia la saisit par le bras.

— Où vas-tu?

— Je veux voir ce que c'est que tout ce brouhaha, répondit sa mère.

Olivia secoua la tête.

— Tu ne peux pas venir à l'école avec moi.

— Pourquoi? demanda sa mère.

— Parce que je suis en huitième année, expliqua Olivia.

La mère d'Olivia sourit et secoua la tête.

— D'accord, soupira-t-elle.

— Ce n'est pas toi, la rassura Olivia, c'est la même chose pour toutes les mères. C'est un genre de règlement. Je t'appellerai.

Olivia déposa alors un baiser sur la joue de sa mère, sortit de la voiture et se glissa entre deux véhicules.

Elle commença à monter les marches en essayant de ne pas trébucher sur les fils électriques du matériel télévisuel tandis qu'elle se faufilait à travers la foule. Elle scruta la masse parsemée de journalistes et aperçut des boucles blondes tout en avant.

— Camilla! appela-t-elle.

Camilla Edmunson se retourna et lui envoya la main. Lorsqu'Olivia la rejoignit, Camilla lui dit :

— Est-ce que tu peux en croire tes yeux ?

— Qu'est-ce qui se passe ? demanda Olivia.

— Tout le monde essaie de se faire voir à la télévision, répondit Camilla.

Près de là, Olivia vit Kyle Glass, l'un des membres des Bêtes, tenir ses doigts en forme d'oreilles de lapin derrière la tête d'un journaliste naïf. Le caméraman gesticulait de façon frénétique pour l'éloigner.

Olivia fronça les sourcils.

— Euh, j'ai manqué quelque chose ?

— Tu veux dire que tu n'as rien entendu ? demanda Camilla, incrédule. Garrick Stephens est sorti d'un cercueil au beau milieu des funérailles de quelqu'un hier. C'était comme quand le méchant Zolten s'est échappé en se cachant dans une cryocapsule.

Olivia supposa que son amie faisait référence à l'un des livres de science-fiction qu'elle aimait tant. Olivia préférait les romans sur les vampires. En fait, lorsqu'elle avait déménagé à Franklin Grove, elle croyait que les vampires n'étaient *que* de la fiction.

Eh bien, elle avait tort. Elle se sentait encore étourdie parfois en pensant au fait que Franklin Grove grouillait de vampires bien vivants et dynamiques qui buvaient du sang. La plupart d'entre eux, toutefois, à l'exception de Garrick et de ses amis, étaient vraiment gentils.

Aucun des autres humains de Franklin Grove ne soupçonnait que leur ville était une sorte de centrale de vampires, car la règle la plus importante de leur monde était : *on ne doit rien révéler*. Ainsi, sortir d'un cercueil au beau milieu de funérailles n'était assurément pas acceptable.

Olivia n'était au courant pour les vampires que parce qu'elle avait rencontré Ivy Vega lors de sa première journée d'école. Olivia était une meneuse de claques à 100 %, alors qu'Ivy était hypergothique ; au départ, elles semblaient aussi différentes que la réglisse noire et la barbe à papa. Mais cela n'avait pas pris beaucoup de temps avant qu'Olivia et Ivy se rendent compte qu'elles se ressemblaient *comme deux gouttes d'eau*.

En fait — et c'est ce qu'Olivia trouvait le plus incroyable —, elles étaient de vraies jumelles. Identiques à l'exception d'une chose : Ivy était une vampire !

— En tout cas, disait Camilla, toute l'Amérique est maintenant fascinée par Franklin Grove, et les médias, en particulier Serena Star, essaient de transformer l'histoire de Garrick en reportage gigantesque sur le déclin de la jeunesse américaine.

— Pas vrai ! dit Olivia, bouche bée. Serena Star de WowTélé ? Elle est totalement célèbre !

Camilla hocha la tête, mais il était évident qu'elle n'était pas aussi impressionnée qu'elle.

— Elle pense que nous cachons tous un secret épouvantable.

Le cœur d'Olivia fit un bond.

— Comme quoi ?

— Aucune idée, dit Camilla. Ce n'est pas comme si elle allait trouver quelque chose. Franklin Grove est probablement la ville la plus normale des États-Unis.

Olivia fit un sourire mal à l'aise. Camilla n'avait aucune idée de ce qui se passait réellement.

« Je ferais mieux de trouver Ivy, se dit Olivia, et de voir ce qu'elle pense de tout ça ! »

— Tu veux entrer ? demanda-t-elle.

Camilla et elle contournèrent la foule et se dirigèrent vers les portes d'entrée de l'école. Olivia entendit soudainement une voix aiguë et familière appeler son nom. Elle tenta de l'ignorer et continua à marcher, mais la voix cria encore.

— OLIVIA !

Olivia grimaça et demanda à Camilla de continuer sans elle. Puis, elle se retourna à contrecœur et vit Charlotte Brown, la capitaine de son équipe de meneuses de claques, en train de gesticuler pour qu'elle la rejoigne dans un cercle de caméras.

Depuis qu'Olivia avait été sélectionnée pour l'équipe, il y avait de cela quelques semaines, on aurait dit que Charlotte avait oublié qu'elle avait essayé de saboter ses chances lors des épreuves de sélection. En fait, Charlotte et ses amies, Katie et Allison, traitaient toutes Olivia comme si elle était devenue leur nouvelle meilleure amie.

« Au moins, ça permet à l'équipe de performer comme une équipe », songea Olivia en s'approchant d'elle.

— Dis-leur, Olivia! dit Charlotte en saisissant son bras et en la traînant devant les caméras. Tu sais, comment c'est d'être nouvelle ici. À quel point c'est effrayant à cause de toutes les mauvaises influences.

Olivia fronça le nez. On vit le flash d'un appareil photo.

— Je, euh, je ne crois pas...

Un journaliste portant un complet fripé colla un microphone devant le visage d'Olivia.

— Avez-vous déjà dormi dans un cercueil?

— Non, dit Olivia d'un ton incrédule.

Une femme qui tenait une enregistreuse lui demanda :

— Êtes-vous familière avec une bande de rue que l'on appelle les Bêtes?

Olivia secoua la tête.

— Je ne dirais pas qu'ils sont...

Une petite femme à l'expression déterminée, vêtue d'un complet ajusté de couleur orange vif, se fraya agressivement un chemin à travers les autres, ses cheveux blonds brillant sous le soleil. Olivia inhala brusquement. C'était Serena Star en personne! Elle avait l'air beaucoup plus petite qu'à la télévision.

— Vous êtes-vous déjà sentie menacée par toutes les personnes qui portent du noir autour de vous ? demanda Serena Star en plantant son microphone sous le menton d'Olivia.

« Quelle question stupide ! » se dit-elle.

— Depuis quand est-ce que le fait de porter du noir n'est pas correct ? demanda-t-elle.

Charlotte sauta devant elle.

— Oui, Mademoiselle Star, totalement ! cria-t-elle, visiblement surexcitée de parler à une journaliste vedette telle que Serena. Une fois, dit-elle en balançant ses cheveux dramatiquement, j'étais dans les toilettes des filles, en train de me remettre du brillant à lèvres, quand deux filles gothiques sont entrées. Elles étaient vêtues de haillons noirs de la tête aux pieds, et leurs ongles étaient recouverts de vernis noir. Et devinez ce qu'elles ont fait ? Elles ont *grogné* contre moi !

— Grogné contre vous ? répéta Serena Star.

— Mmh mmh, fit Charlotte en hochant la tête avec une expression sérieuse. J'ai eu tellement peur que je suis sortie en courant, sans même prendre le temps de me mettre du mascara !

— Vous croyez donc que le fait que de si nombreux étudiants de Franklin Grove soient obsédés par l'obscurité est un problème ? insista Serena Star.

— Totalement ! confirma Charlotte. Le noir est tellement démodé.

Elle fit un geste vers les talons aiguilles turquoise de Serena Star.

— *J'adore* vos chaussures, en passant. Elles viennent d'Hollywood ?

Olivia saisit cette opportunité pour s'échapper, monta les marches en courant et franchit les portes d'entrée de l'école. Elle devait absolument parler à sa jumelle de ce qui se passait à l'extérieur.

Elle aperçut Ivy avec son nouveau petit ami, Brendan Daniels, à l'autre bout du corridor, près de son casier. Même Brendan n'avait pas encore remarqué la ressemblance qui existait entre Ivy et elle. Olivia entendit Brendan dire :

— À plus tard, d'accord ?

Ivy fit tournoyer la bague en émeraude qui pendait autour de son cou.

— D'accord, roucoula-t-elle.

Sa sœur était *tellement* amoureuse ! Olivia trouvait ça super mignon.

Elle jouait avec la bague à son doigt en attendant qu'Ivy et Brendan finissent leurs au revoir. En réalité, ces bagues en émeraude identiques avaient aidé Ivy et Olivia à se reconnaître ; elles constituaient les seules choses qui leur venaient de leurs parents biologiques.

Brendan passa à côté d'elle et lui lança un «Hé, Olivia !» amical, puis elle fila en direction de sa sœur.

— Laisse-moi deviner, commença Olivia. Tu ne lui as pas encore parlé de nous.

— Je te jure que j'ai essayé, répondit Ivy en retirant son léger chandail noir pour révéler un court t-shirt gris représentant le visage d'Edgar Allan Poe. Mais on dirait que le moment n'est jamais approprié pour lui dire : «Hé ! en passant, j'ai une jumelle dont je ne connaissais pas l'existence. »

— Nous devrons pourtant finir par le dire à tout le monde, dit Olivia, y compris à nos parents.

Il y eut soudainement du grabuge plus loin dans le corridor et, lorsqu'Olivia leva les yeux, elle vit Garrick Stephens marchant fièrement avec ses lunettes de soleil, vêtu d'un t-shirt noir sur lequel on pouvait lire *INTERNA 3 — REPOSEZ EN PAIX* !

Les autres Bêtes le suivaient. La foule se scindait pour les laisser passer, comme si Garrick avait été un quart-arrière vedette qui venait de gagner un match important, ou qui venait de le perdre parce qu'il avait couru dans la mauvaise zone de but.

— Des autographes? lança Garrick avec nonchalance. Des autographes?

Ivy, fâchée, secoua la tête.

— Je vais l'étrangler, dit-elle. Crois-le ou non, j'ai dû entrer par la porte de côté ce matin! Brendan aussi. Autrement, nous n'aurions jamais réussi à franchir les portes principales en vie.

— C'est justement de ça que je voulais te parler, répliqua Olivia. J'ai vu l'entrevue de Charlotte avec Serena Star. Elle a dit que deux Gothiques ont grogné contre elle dans les toilettes.

— Ce n'était pas un grognement, protesta Ivy. C'était un jappement. Pour l'amour de la nuit! L'année passée, elle s'était fait faire une permanente qui lui donnait l'allure d'un caniche.

Olivia rit, mais sa sœur devint sérieuse.

— C'est vraiment grave, Olivia, dit Ivy avec anxiété. Je croyais que l'histoire mourrait dans l'œuf, mais ça n'arrivera pas avec tous ces journalistes dans les parages ni avec des gens comme Charlotte et Garrick qui manigancent pour se mettre de l'avant.

Au même moment, Sophia Hewitt, l'amie d'Ivy depuis toujours, arriva avec son gros appareil photo numérique autour du cou.

— Code noir, chuchota-t-elle de façon énigmatique. Je répète, code noir.

Sur ces mots, elle disparut plus loin dans le corridor.

Ivy mit son sac de cuir noir en vitesse sur ses épaules et claqua la porte de son casier.

— C'est quoi, un code noir ? demanda Olivia à voix basse.

— Toilettes du pavillon des sciences, répondit Ivy en disparaissant dans le couloir.

Olivia se dépêcha pour la rattraper.

En ouvrant la porte des toilettes, elles trouvèrent Sophia, qui était déjà en train de regarder sous les portes des cabinets afin de s'assurer que personne ne s'y trouvait.

Puis, elle se retourna, mains sur les hanches, pour faire face à Ivy et à Olivia.

— Garrick Stephens n'avait pas été mis au défi ; il magasinait !

— Es-tu sérieuse ? demanda Ivy.

— Plus sérieuse que ça, tu meurs, répondit Sophia.

— Je ne comprends pas, dit Olivia.

— Les vampires améliorent leurs cercueils, comme les humains améliorent leurs téléphones cellulaires.

— Et l'Interna 3 est la boîte à rêve la plus ultra de toutes, ajouta Sophia. Ce n'est pas comme si Garrick pouvait s'en payer une. Il pensait simplement que ce serait amusant de l'essayer.

Ivy fronça les sourcils.

— Les maisons funéraires sont souvent gérées par des vampires. Les salles d'exposition servent à plusieurs choses. Mais cette fois-ci, ils ont dû mélanger le cercueil de la salle d'exposition avec celui du gars mort.

Sophia mordilla l'un de ses ongles noirs.

— Je suis très inquiète, Ivy. Serena Star a l'air de chercher désespérément une grosse histoire et, même si elle n'en trouve pas, elle en inventera probablement une.

Olivia commençait à comprendre ce qui était en jeu. Ce n'était pas simplement une histoire de potins pour la télévision. Cela pourrait devenir la plus grande chasse aux sorcières depuis, eh bien, les chasses aux sorcières. Que feraient les humains s'ils apprenaient que des vampires vivaient parmi eux ?

— On doit vraiment brouiller les pistes pour Serena Star.

Ivy et Olivia hochèrent la tête en signe d'approbation.

— Tu avais quoi en tête ? demanda Ivy.

— Je ne sais pas, dit Sophia d'un ton exaspéré. C'est pourquoi je vous ai demandé de venir ici.

Ivy soupira et les trois filles demeurèrent silencieuses pendant un moment.

— Nous avons besoin d'une distraction, proposa finalement Olivia.

— Exactement, consentit Ivy. Mon père pense que Serena Star oubliera Franklin Grove aussitôt qu'il y aura des potins frais à Hollywood.

— Excellent ! répondit Sophia de façon sarcastique. Alors, il suffit que l'une d'entre nous commence à sortir avec l'homme le plus canon de l'année figurant dans la revue *Célébrités*.

— Je peux me porter volontaire, fit Olivia pour alléger la tension dans l'air.

— Je voulais simplement dire que nous devons trouver une histoire que Serena trouvera plus intéressante que celle des vampires, lança Ivy à Sophia d'un ton irrité.

— Ça va, dit Olivia, du calme. On pourrait peut-être convaincre Serena qu'il y a des loups-garous à Franklin Grove à la place ? Ou quelque chose de stupide comme ça ?

Ivy et Sophia se lancèrent des regards nerveux.

Olivia cligna des yeux.

— Ne me dites *pas* qu'il y a des loups-garous à Franklin Grove.

Ivy leva les sourcils au moment où la cloche annonçant le début de la première période sonna.

— Sauvée par la cloche, dit spontanément Sophia.

Ivy et elle s'enfuirent, laissant Olivia bouche bée.

CHAPITRE 2

Après la troisième période, Ivy était toujours en train de penser à ce qu'elle pourrait faire pour régler le cas de Serena Star. Elle ouvrit son casier et poussa distraitement son cahier dans un petit espace situé entre une botte égarée et une pile de livres. Tout le contenu de son casier commença alors à trembler, et Ivy se précipita en avant juste au moment où une avalanche en jaillit. Elle se retrouva avec une chauve-souris vampire entre les mains, qui provenait du Bal de la Toussaint, et avec une pile de choses dont elle ne connaissait même pas l'existence à ses pieds.

« Ce n'est pas bon signe », se dit Ivy.

Cela lui prit une éternité pour tout entasser à l'intérieur. Enfin, il ne restait que deux bottes noires sur le plancher. Ivy essaya d'en ramasser une, mais elle ne bougea pas le moins du monde. Elle la poussa avec un grognement de frustration.

— Hé! cria une voix tandis que la botte se déplaçait enfin.

Ivy referma la porte de son casier et vit Sophia, qui retenait la botte en question contre son pied.

— Où étais-tu? lui demanda-t-elle.

— Je rangeais mon casier, répondit Ivy d'un ton gêné.

— Tu rangeais ton casier? répéta Sophia, incrédule. Eh bien, pendant que tu rangeais ton casier, Serena Star a convaincu le directeur Whitehead de convoquer une réunion avec le personnel du *Scribe*!

Le *Scribe de Franklin Grove* était le journal de l'école; Ivy en était la rédactrice principale et Sophia en était la photographe.

— Pourquoi? demanda Ivy.

— Je ne sais pas, demanda Sophia. Mais ça ne peut pas être bon!

— Et elle a lieu quand, cette réunion?

Sophia regarda sa montre en feignant la nonchalance.

— Ah, tu sais... TOUT DE SUITE! répliqua-t-elle en poussant Ivy devant elle.

Tandis qu'elles se précipitaient dans les corridors, Sophia chuchota :

— Tu sais que nous sommes les seules vampires à faire partie de l'équipe.

— Voilà pourquoi nous devons mettre Serena de notre côté, répondit Ivy en suivant son amie à travers les portes en verre givré des bureaux du *Scribe*.

Elle vit aussitôt qu'elles étaient les dernières arrivées; tous les autres étaient déjà assis autour de la table de rédaction. Serena Star était debout, à l'autre bout de la salle, et le directeur Whitehead était à ses côtés.

«Elle est tellement plus petite en vrai», songea Ivy.

— Merci de vous joindre à nous, dit Serena Star.

Elle afficha son rayonnant sourire et lança un coup d'œil rapide par-dessus les épaules des filles.

Ivy se retourna et se retrouva nez à nez avec la lentille d'une caméra de WowTélé. Jusque-là, elle n'avait pas remarqué le caméraman coincé dans un angle du mur, près de la porte. Pendant un instant, elle se sentit comme si elle avait été transformée en pierre. Elle *détestait* être devant les caméras, les foules et les enregistreuses.

« Caméra ou non, je dois charmer Serena Star », se dit-elle.

Ivy avala, regarda Serena et fit le sourire le plus éclatant qu'elle put.

— En tant que rédactrice principale du *Scribe de Franklin Grove*, permettez-moi d'exprimer à quel point c'est un grand honneur pour moi de rencontrer une journaliste de votre, euh, calibre, Mademoiselle Star. Je suis certaine que vous pourrez nous enseigner beaucoup de choses.

— Merci, dit Serena Star, visiblement flattée par cet éloge.

Elle fit un geste en direction du garçon assis à côté d'elle.

— Ce jeune homme vient justement de dire la même chose.

Toby Decker, l'un des meilleurs journalistes de l'équipe, rougit légèrement. Ses cheveux blonds étaient soigneusement peignés de façon à dégager son visage, et il portait une chemise bleue à col boutonné ainsi qu'une cravate rouge. Ivy trouvait qu'il avait l'air de se présenter aux élections.

Sophia et Ivy prirent les deux sièges libres aux côtés de Camilla Edmunson, la critique de livres du journal.

Serena plaça ses paumes sur la table de façon officielle.

— Je vous ai convoqués, mes pairs journalistes, parce que j'ai besoin de votre aide.

— Nous ferons tout notre possible, dit Toby avec empressement.

Tout le monde hocha la tête.

— C'est bien, dit Serena, parce que j'aimerais que l'un d'entre vous travaille avec moi sur mon histoire, qui sera diffusée à l'échelle nationale, au sujet de la vie à Franklin Grove.

Plusieurs des personnes présentes dans la salle eurent brusquement le souffle coupé.

— Vous voulez dire, être votre assistant? demanda Will Kerrell, un garçon de septième année qui écrivait habituellement sur les sports.

— Exactement, dit Serena Star en hochant la tête.

Elle fit une pause pour leur permettre d'absorber l'information.

— Je vais vous faire passer une audition, et la personne qui gagnera m'assistera.

— Que c'est excitant! dit le directeur Whitehead en signe d'approbation.

«Mais qu'est-ce qu'elle fait?» se demanda Ivy avec suspicion.

Serena Star fit un tour de table de ses grands yeux.

— Pour passer l'audition, vous devrez me trouver une citation à propos de Garrick Stephens et de son cercueil.

— Quelle sorte de citation? demanda Kelly Marlings en ouvrant son cahier à spirale et en commençant à prendre des notes frénétiquement.

— Quelque chose de croustillant, répliqua Serena Star. Quelque chose qui fera réagir les téléspectateurs. Et la personne qui obtiendra la meilleure citation aura la chance de m'aider, moi, Serena Star de WowTélé, avec mon reportage.

Serena avait les yeux brillants.

Ivy commençait à comprendre ce que Serena avait en tête.

«Elle se sert de nous pour découvrir des choses qu'aucun adulte ne pourrait découvrir», se dit-elle.

Ivy sentit Sophia lui glisser un morceau de papier dans la main. Elle le déplia sous la table et y jeta un rapide coup d'œil. Elle vit un dessin que son amie avait rapidement esquissé : il y avait un tas de lapineaux aux grands yeux qui entouraient un lapin particulièrement maigre avec des yeux énormes, de longs cheveux et un sourire éclatant — Serena Star, bien sûr. La bulle de texte disait :

«Le premier petit lapin à donner sa fourrure gagnera un manteau en lapin!»

Ivy dissimula son sourire.

«Serena Star n'est pas la journaliste avec la plus grande éthique qui soit, songea-t-elle, mais elle n'est pas aussi stupide que je le pensais.»

Ivy se racla la gorge.

— Est-ce que la citation doit être liée au coup de Garrick Stephens au cimetière? demanda-t-elle. Je veux dire, ce n'était qu'une blague stupide, n'est-ce pas?

— Je pense que cette histoire n'est pas aussi simple qu'il n'y paraît, dit Serena sur un ton qui en disait long, et un bon journaliste découvrira ce qui s'y cache.

«Tant pis pour ma tentative visant à la dérouter», songea Ivy.

Camilla leva la main; elle avait l'air de s'ennuyer.

— Est-ce que tout le monde doit obtenir une citation? C'est que je suis plus une critique qu'une journaliste.

— Seuls ceux qui détiennent une expérience en journalisme d'enquête peuvent postuler, répondit Serena.

Ivy vit Sophia adresser un large sourire à Camilla et lui chuchoter :

— Ça veut dire que toi et moi, on est tirées d'affaire.

— Eh bien, pour ceux d'entre vous qui passeront l'audition, je ne peux imaginer une plus grande opportunité que de travailler avec une journaliste aussi respectée que Serena Star, dit le directeur Whitehead.

Sophia renifla bruyamment en signe de dédain. Ivy lui donna un coup de pied sous la table et son amie tenta de prétendre qu'elle avait quelque chose de pris dans la gorge. Elle feignit une toux dramatique et haussa les épaules à l'intention d'Ivy, comme pour dire «Oups». Camilla essayait, elle aussi, de camoufler son ricanement.

Si Serena Star l'avait remarqué, rien n'y paraissait. Elle adressa son célèbre sourire à toute la tablée.

— Vous avez 24 heures pour obtenir vos citations. Que le meilleur journaliste gagne! déclara-t-elle.

— Merci, Mademoiselle Star, dit Toby Decker sur un ton professionnel.

Sur ce, le personnel du *Scribe* commença à quitter la salle en bavardant de leur prestigieux projet. Sophia s'apprêtait à partir, mais Ivy posa une main sur son bras ; elles devaient parler à Serena avant toute chose.

Camilla salua Ivy et Sophia et se dirigea vers la porte. Mais, juste avant de l'atteindre, Ivy la vit se retourner brusquement et se diriger vers le caméraman.

— C'est le signe du Cyborg ! dit Camilla en pointant un symbole sur le t-shirt de l'homme.

— *Tu* es admiratrice de Coal Knightley ? répondit-il.

Peu de temps après, tous deux discutaient allégrement des romans de Coal Knightley.

Pendant ce temps, Ivy et Sophia se dirigeaient vers Serena pour lui parler. La journaliste prit la main d'Ivy pour la serrer et, ce faisant, elle jeta un coup d'œil à ses doigts.

— C'est un choix intéressant de vernis à ongles, dit-elle en levant l'autre main pour faire signe à son caméraman d'approcher.

Il était trop occupé à parler à Camilla pour s'en rendre compte, alors Serena sourit à Ivy de façon plastique et gesticula encore plus frénétiquement avec sa main libre. Enfin, elle cria :

— Martin !

— Désolé ! répondit le caméraman en s'approchant à toute vitesse tandis que Camilla quittait la salle.

Serena souffla bruyamment et relâcha finalement la main d'Ivy. Elle regarda les deux filles intensément.

— Vous devez être des amies de Garrick Stephens.

Sophia rigola et Ivy lui donna un coup de coude pour l'empêcher de dire quelque chose d'imprudent.

— Vous dites ça parce que nous portons des vêtements sombres ? demanda innocemment Ivy.

Serena Star hocha la tête.

— Exactement.

Ivy fronça les sourcils.

— Vous voulez dire que vous entretenez les stéréotypes ?

— Quoi ? balbutia Serena Star. Non. Bien sûr que non.

— Dieu merci, dit Ivy, parce que le directeur Whitehead dit toujours qu'un bon journaliste ne se laisse jamais influencer par les préjugés.

Elle sourit à l'intention du directeur par-dessus l'épaule de Serena.

— C'est exact! confirma joyeusement le directeur Whitehead.

— Je suis entièrement d'accord, dit Serena avec froideur en lançant un regard embarrassé vers la caméra.

Elle changea de sujet.

— Alors, vous vous tenez où, vous les jeunes?

— Au resto, lui dit Sophia en haussant les épaules.

— Quel resto? demanda immédiatement Serena Star.

— On aime bien le Bœuf et bonjour, répliqua Ivy.

— Est-ce que c'est celui qui est décoré comme un réfrigérateur à viande? demanda Serena Star.

« Ah non, se dit Ivy. Elle fouille, et elle va bientôt frapper un cercueil. »

— Et j'adore aussi Monsieur Smoothie, mentit Ivy.

— Moi aussi, renchérit rapidement Sophia.

Serena Star fit une pause.

— Alors, vous ne connaissez pas Garrick Stephens?

Ivy et Sophia restèrent muettes.

— Et vous ne savez rien sur lui ni sur ses amis ? insista Serena.

— Tout le monde les appelle les Bêtes, intervint Toby, qui se trouvait à quelques mètres d'elles.

Ivy n'avait même pas remarqué qu'il était encore là.

Serena Star hocha la tête en guise d'encouragement et Toby continua.

— Ils sont toujours en train de manigancer des mauvais coups et tout ça. Il y a quelques semaines, ils m'ont fait venir à une fête chez Ivy, même s'ils savaient que je n'étais pas invité.

Ivy grimaça. Serena se retourna vers elle.

— Tu as invité Garrick Stephens à une fête ?

— C'était juste une fête d'Halloween, dit Ivy, la gorge nouée. Il y avait beaucoup d'invités.

— Mais pas Toby, avec qui tu travailles étroitement pour le journal de l'école ? demanda Serena de façon intraitable.

Ivy haussa les épaules innocemment.

Serena Star se retourna vers Toby.

— Que sais-tu d'autre sur Garrick et ses amis ?

— Je pense qu'ils aiment le heavy metal, dit Toby, mais c'est peut-être juste leurs t-shirts. Et ils disent toujours des choses bizarres comme «suceur de sang» par-ci et «suceur de sang» par-là.

La bouche d'Ivy était soudainement sèche.

— Suceur de sang? dit Serena en écarquillant les yeux. En es-tu certain?

— Oui, répliqua Toby.

Serena regarda son caméraman.

— C'est dans la boîte, dit-elle.

Elle ne remercia même pas Toby.

— Je crois que nous avons du journalisme d'enquête à faire, Martin. Commençons par aller manger à ce fameux Bœuf et bonjour, où *certains éléments* semblent se tenir.

Elle lança un regard qui en disait long à Ivy et à Sophia, puis elle sortit de la salle d'un pas lourd, son caméraman sur les talons.

— Ah! les vedettes, dit Toby en haussant les épaules à l'intention d'Ivy et de Sophia en guise d'explication.

Elles lui sourirent, mal à l'aise.

Quelques instants plus tard, alors qu'Ivy et Sophia se dirigeaient dans le corridor vers la cafétéria, Sophia dit :

— Ivy, tu dois faire quelque chose.

— *Moi ?* s'écria Ivy. Pourquoi pas *toi* ?

— Je ne peux pas. Je suis juste photographe, dit Sophia. Tu dois obtenir ce boulot d'assistant.

Ivy savait que son amie avait raison, mais ça n'allait pas être facile.

— J'ai l'impression que Serena Star ne me fait pas vraiment confiance.

— Il faut que tu la convainques ! supplia Sophia.

Ivy y pensa un moment et écarta ses cheveux de son visage.

— Ce que je dois faire, c'est arriver avec une citation mortelle qui sera aussi complètement trompeuse.

— Hé ! c'est ce que Serena Star fait tous les jours, lui dit Sophia avec un sourire encourageant. Et tu es tellement plus intelligente qu'elle !

À ce moment précis, Serena Star passa à côté d'elles à toute vitesse, suivie de son caméraman. Les filles l'entendirent demander :

— L'acteur Hank Hogart n'a-t-il pas traité sa femme de suceuse de sang après leur divorce ? Il y a peut-être une connexion ?

Sophia et Ivy se regardèrent et s'esclaffèrent en traversant les portes de la cafétéria.

En entrant dans le cours d'études médiatiques, Olivia ne pouvait s'empêcher d'imaginer une foule en colère pénétrer dans l'école et emporter sa sœur devant les caméras de WowTélé. Elle s'assit distraitement à côté de Camilla alors que la cloche sonnait.

Monsieur Colton entra dans la classe sans se presser ; il portait des lunettes de soleil foncées et son habituelle chemise hawaïenne à manches courtes.

— Bonjour, les magnats des médias ! chantonna-t-il dramatiquement en lançant son vieux sac de cuir sur son bureau. Si je me fie au nombre de caméras de télévision ici, je dirais que ça va être toute une journée pour les études médiatiques à Franklin Grove !

Il scruta la classe et son regard s'arrêta par-dessus l'épaule d'Olivia.

— Monsieur Stephens, d'après votre performance au cimetière, il est évident

que le segment du mois passé sur le journalisme vous a fait une très forte impression.

Olivia et Camilla se retournèrent et
virent Garrick, assis avec les autres Bêtes
à la table derrière elles, un grand sourire
aux lèvres, toujours vêtu de son t-shirt
d'Interna 3.

— Peut-être que la prochaine fois, vous
finirez votre travail à temps, termina monsieur Colton en haussant les sourcils.

« Aïe », pensa Olivia.

Elle ne put s'empêcher d'être ravie
lorsque le sourire de Garrick s'évapora.

Monsieur Colton fouilla dans son sac et
en sortit une pile de papiers.

— Roulement de tambour, s'il vous
plaît !

Tous commencèrent alors à tambouri-
ner sur leurs pupitres du bout des doigts.
Le grondement se fit de plus en plus fort,
et Olivia et Camilla frappèrent sur la table
qu'elles partageaient avec leurs mains.

Monsieur Colton cria pour se faire
entendre par-dessus le vacarme :

— Je vous présente… le devoir-film !

Il leva les papiers au-dessus de sa tête
en prenant une pose disco.

Tout le monde rit.

— Votre mission, si vous l'acceptez, dit monsieur Colton en se déplaçant dans la classe pour donner une feuille de consignes à chaque étudiant, est de produire, filmer et faire le montage d'un documentaire de cinq minutes. Vous pouvez choisir n'importe quel sujet, tant qu'il est approprié. Cela signifie, dit-il en lançant un regard féroce, qu'aucun enregistrement de ma performance de «Do the Dudley» lors de mon apparition en 1989 à l'émission *À la recherche de Stars* ne sera accepté.

Après que monsieur Colton eut expliqué comment réserver les caméras et les studios de montage de l'école, il dit :

— Je sais que tout le monde a hâte de commencer, alors prenez quelques minutes avec votre groupe pour discuter de possibles sujets.

Camilla se retourna vers Olivia.

— Alors, que devrions-nous faire ? demanda-t-elle d'un ton excité.

Olivia songea à Charlotte qui lui avait dit, le matin même, de raconter comment c'était d'être une nouvelle étudiante à Franklin Grove.

— Pourquoi pas un documentaire qui montre ce que c'est que d'emménager à

Franklin Grove ? suggéra Olivia. Ça pourrait être une introduction à la ville et à ce qu'elle est en réalité.

« Pas la *vraie* réalité, pensa-t-elle, mais une version de celle-ci assez fidèle pour duper les personnes comme Serena Star. »

Camilla fronça les sourcils.

— Je crois que Serena Star a déjà couvert l'angle de « la vérité sur Franklin Grove » pour le moment.

Olivia savait que Camilla avait raison. Ce n'était pas une idée très amusante pour un projet d'école de toute façon. C'était comme tenter de faire le film le plus ennuyant possible sur Franklin Grove.

— Je sais ! dit Camilla. J'ai toujours voulu faire quelque chose sur les formes de vie extraterrestres. On pourrait montrer des organismes provenant de systèmes solaires différents.

— Ça a l'air cool, dit Olivia en hochant la tête.

Puis, elle soupira.

— Mais crois-tu qu'on ait un assez gros budget pour couvrir les frais d'envoi et de manutention des organismes extraterrestres ?

Camilla rougit.

— J'imagine que les formes de vie extra-terrestres sont assez difficiles à trouver.

Il y eut des rires derrière elles et Olivia entendit Garrick dire :

— C'est mortel !

Olivia en avait eu assez de Garrick Stephens pour une journée. Après tout, c'est lui qui avait causé toute cette agitation avec Serena Star. Elle se retourna en vitesse.

— Est-ce que vous pourriez faire moins de bruit, s'il vous plaît ?

Les Bêtes éclatèrent de rire.

— Tu es juste jalouse parce que nous avons de meilleures idées, dit Garrick en affichant un sourire malveillant.

Camilla se retourna aussi.

— Je crois qu'on t'a assez vu devant la caméra, Garrick, dit-elle froidement.

— Imaginez ça, dit Garrick en joignant ses pouces et ses index ensemble pour former un objectif rectangulaire. Un documentaire qui montre l'importance de la violence dans l'expérience de l'école secondaire moderne. Nous allons filmer les matchs de football et allons appeler notre film *Les pompons de la peur* !

— Ouais ! firent les Bêtes en s'esclaffant et en se tapant dans les mains.

Olivia leur lança un regard furieux.

— Hé! dit Garrick, les yeux soudainement brillants. Tu es une meneuse de claques, n'est-ce pas, Olivia? Veux-tu jouer le rôle principal dans mon film? Maintenant que je suis célèbre, j'ai des *relations*.

— Dans tes rêves, lui dit Olivia en levant les yeux au ciel et en se retournant.

— Incroyable, dit-elle doucement à Camilla. Le temps que Garrick a passé sous les feux des projecteurs l'a rendu encore plus détestable!

— Sans blague, consentit Camilla.

Olivia tenta d'ignorer les garçons derrière elle.

— Viens-tu au match de football après l'école? demanda-t-elle à Camilla.

— J'avais l'intention d'y aller.

— Aimerais-tu venir dîner chez moi après? lui offrit Olivia. Je crois qu'il serait plus facile de trouver une idée pour notre film sans tout ce *vacarme*.

Elle fit un signe par-dessus son épaule et entendit Garrick dire :

— Je gage qu'ils feraient une bonne *impression* sur une meneuse de claques!

Elle n'avait aucune idée de ce dont il parlait.

— Il faut que je demande à ma mère, dit Camilla, mais j'aimerais bien.

Derrière elles, les Bêtes crièrent :

— TOUCHÉ!

Monsieur Colton lança un regard vers les garçons et ils se calmèrent.

— Mais promets-moi que Garrick Stephens ne bondira pas hors d'une casserole pendant le repas, lança Camilla à la blague.

Olivia lui fit un grand sourire.

— De la façon dont ma mère cuisine, dit-elle, il serait totalement calciné bien avant ça !

CHAPITRE 3

Après les cours, Ivy décida d'arpenter les couloirs de l'école, son cahier à la main, à la recherche d'une bonne citation pour Serena Star. Il était évident que Serena voulait quelque chose de gothique, et Ivy espérait dénicher une histoire qui semblerait grave, mais qui serait, en réalité, sans importance. Elle discuta avec un étudiant de sixième année dont la cousine s'était fait tatouer un crâne sur la cheville, avec un concierge qui jura que le vernis à ongles noir ne pouvait être effacé des planchers de l'école avec aucune solution nettoyante ni aucun dissolvant, et avec la bibliothécaire, qui lui raconta que les livres dont la couverture était noire se faisaient emprunter moins souvent que ceux dont la couverture était colorée. Mais rien de tout ça n'était vraiment utile.

Elle se promenait d'un pas lourd dans les corridors, totalement désespérée, lorsqu'elle aperçut l'un des membres des Bêtes, Ricky Slitherman, sortir précipitamment par l'une des portes de côté.

«Peu importe ce que je trouve, se dit Ivy, enragée, Garrick et ses amis vont quand même trouver le moyen de se faire aller la trappe de cercueil.»

Elle décida de suivre Ricky à l'extérieur.

Lorsqu'elle sortit, elle le vit se diriger vers le terrain de football. Quand elle y arriva, les Diables se trouvaient à seulement 15 verges de la zone de but de l'équipe adverse. Les estrades vibraient sous l'excitation de la foule en délire. Ivy jeta un coup d'œil sous celles-ci en songeant qu'il s'agissait probablement de la cachette des Bêtes, mais il n'y avait personne.

Elle passait justement devant les estrades pour scruter la foule lorsqu'elle aperçut Olivia, sur la ligne de côté, en train d'animer les spectateurs. Sa sœur était debout sur les épaules d'une autre fille, les mains sur les hanches, et son visage était illuminé d'un magnifique sourire naturel.

Olivia leva son poing dans les airs et fit une culbute pour descendre des épaules de la fille ; elle tomba dans les bras des attrapeurs de l'équipe et la foule hurla de plaisir.

Ivy ne put s'empêcher d'être aussi excitée que tous les autres ; elle frappa dans ses mains et cria pour encourager sa sœur. Olivia était sérieusement mortelle ! Il était évident qu'elle était la meilleure meneuse de claques de l'équipe, surtout lorsqu'on la comparait à Charlotte Brown, qui avait l'air de chercher désespérément de l'attention à ses côtés.

Le visage de Charlotte affichait un sourire exagéré, et ses yeux étaient tellement écarquillés qu'on aurait dit la caricature d'un bonhomme sourire. Elle sautait dans les airs comme une poupée de chiffon, agitant ses mains vers la foule et leur faisant des clins d'œil. Ivy frissonna ; c'était sérieusement gênant.

Apparemment, Charlotte ne pouvait supporter de tourner le dos à la foule, même quand elle devait le faire pour respecter la routine. Elle exécuta son mouvement trop rapidement et se remit immédiatement à regarder dans les estrades et à agiter la main de façon mielleuse.

Ivy suivit le regard de Charlotte et vit… les Bêtes, assises seules, dans la rangée tout en haut des estrades. Dylan Soyle avait une énorme caméra vidéo sur l'épaule et il la pointait vers Charlotte pendant que Garrick lui chuchotait quelque chose à l'oreille.

Ivy se souvint que les étudiants du cours d'études médiatiques devaient faire un film ; les Bêtes travaillaient donc sûrement sur leur projet.

« Quel est leur sujet ? se dit Ivy. Les meneuses de claques hyper fatigantes ? »

Sans réfléchir davantage, elle monta de façon résolue jusqu'en haut des estrades et se mit debout devant leur caméra, bloquant la lentille avec son cahier.

— Hé ! cria Dylan en reculant son visage de la lentille.

— Éteins-la, commanda froidement Ivy.

— Tu nuis à un tournage important ! dit Garrick.

— É-teins-la répéta lentement Ivy en plissant les yeux pour lui faire son fameux regard de la mort.

Un long silence suivit et Dylan, défait, déposa la caméra.

— Qu'est-ce que tu veux ? pleurnicha Garrick.

— Je veux que vous retourniez à vos cercueils et que vous y restiez ! dit sèchement Ivy. Vous nous mettez tous en danger.

— C'est juste une caméra vidéo, dit Kyle. Ce n'est pas comme si c'était un pieu en bois, ou quelque chose du genre.

Ivy leva les yeux au ciel.

— Ce n'est pas *ta* caméra qui m'inquiète, dit-elle sèchement. C'est celle de Serena Star. Si ça continue comme ça, elle aura tôt fait de découvrir notre communauté de vampires. Vous êtes des idiots, et vous êtes en train de creuser nos tombes.

Garrick secoua la tête.

— Tu es tellement *irréfléchie*, Vega, lui dit-il avec condescendance, en utilisant le même mot que Serena Star avait utilisé pour le décrire aux nouvelles. Serena Star ne s'intéresse pas à nous tous. Elle s'intéresse à *moi*.

— Ouais ! s'esclaffa Ricky. Je crois qu'elle aimerait être la donneuse personnelle de Garrick.

Tous les garçons se mirent à rire.

— Serena Star serait capable de vous avaler tout crus, ragea Ivy. Vous feriez mieux de faire attention à ce que vous dites.

— Est-ce que c'est ma faute si les lapines m'adorent? dit Garrick en haussant les épaules.

Il gesticula vers les meneuses de claques.

— Regarde Charlotte Brown, par exemple, c'est la vedette de mon film.

Ivy se retourna et vit que Charlotte lui lançait des regards vexés en agitant les mains. Ivy pouvait l'imaginer en train de crier : «Ôte-toi du chemin! Tu bloques mon gros plan.»

Ivy se retourna vers les Bêtes et vit que Dylan filmait à nouveau.

— Tu veux un pieu en bois? demanda-t-elle avec dégoût. Voilà!

Elle lança agressivement son crayon vers Garrick qui cria et leva les bras pour se protéger, puis elle se retourna et partit d'un pas lourd.

Après la partie, Olivia et Camilla s'assirent sur les marches de l'entrée principale de l'école en attendant l'arrivée de la mère d'Olivia. Tous les véhicules médiatiques étaient partis, et le soleil couchant jetait une lueur orangée sur tout.

— Nous les avons *massacrés*! dit Camilla d'un ton heureux. Un score de 46 à 3, ça doit être un record! As-tu pu en croire tes yeux lorsque leur défenseur de première ligne a couru dans la mauvaise zone de but? Peut-être que notre projet de film pourrait porter sur les défaites sportives les plus embarrassantes.

Olivia lui fit un large sourire.

— Je crois que les Badgers de Willowton ont déjà assez subi d'humiliation pour l'année sans qu'on fasse un film sur leur degré de nullité en plus.

Camilla rit.

— Hé! tu n'as pas eu un nouveau chat? demanda Olivia.

— Tu veux dire Capitaine Moustache? dit Camilla.

Olivia hocha la tête.

— On pourrait peut-être faire quelque chose sur lui? Je songeais à un documentaire *cool* sur la réalité des chats.

— Quant à moi, dit Camilla, ça se résume à dormir et à se gratter.

— Tout comme mon oncle Morris, blagua Olivia.

Sa mère arriva à cet instant.

— Bonjour, les filles ! dit-elle d'un ton excité à travers la fenêtre, tandis que Camilla et Olivia ramassaient leurs sacs et se dépêchaient de descendre les marches.

— Bonjour, madame Abbott ! dit Camilla en embarquant à l'arrière de la voiture.

— Salut, maman ! dit Olivia en se glissant sur le siège côté passager.

La mère d'Olivia ne démarra pas tout de suite ; elle pianota plutôt sur le volant et regarda Olivia du coin de l'œil. Soudainement, elle tendit la main.

— Pince-moi, dit-elle.

Olivia la regarda fixement.

— Pourquoi ?

— C'est bon, dit la mère d'Olivia. Je me pincerai toute seule.

Elle saisit un bout de peau entre son pouce et son index.

— Aïe ! cria-t-elle.

Puis, elle fit un large sourire et s'exclama, d'un ton extatique :

— Ce n'est pas un rêve !

— Maman, dit Olivia, perplexe, qu'est-ce qui se passe ?

— Ma grand-tante Edna est morte ! répliqua sa mère en tapant des mains.

«Oh mon Dieu!» se dit Olivia, sous le choc.

Elle n'avait même jamais entendu parler d'une grand-tante Edna auparavant.

«Ma mère a perdu la tête!»

Elle lança un regard à Camilla, qui avait l'air encore plus perplexe qu'elle, se retourna et dit :

— Et tu es *excitée* par cette nouvelle?

Sa mère lui lança un regard sévère.

— Pour qui tu me prends? dit-elle. Pour ce garçon morbide sur qui Serena Star enquête? Bien sûr que je ne suis pas excitée par la mort d'un membre de ma famille. Mais ma grand-tante Edna avait 102 ans! Elle a vécu une vie extraordinaire et je sais qu'elle serait très heureuse de voir à quel point je suis enchantée par ce qu'elle m'a laissé.

— Elle t'a laissé quelque chose? demanda Olivia. Tu veux dire comme une sorte d'héritage?

Camilla glissa sa tête entre les deux sièges avant.

— Qu'est-ce qu'elle avait de si extraordinaire, cette grand-tante Edna? demanda-t-elle.

Madame Abbott lança un regard irrité à Olivia avant de se retourner vers Camilla et de lui dire :

— Merci d'avoir posé la question, Camilla.

Puis, elle embraya la voiture et s'éloigna du trottoir.

— C'est toute une histoire ! continua-t-elle en conduisant. Vous voyez, Edna vivait à New York dans les années 20 ; elle était femme de ménage dans le domaine d'un duc italien qui était de passage à New York pour se trouver une épouse américaine appartenant à la haute société. Avez-vous déjà entendu parler de Napoleon Rochester ?

— Il était super riche, non ? demanda Olivia.

— Oui ! dit Camilla avec enthousiasme.

Madame Abbott hocha la tête.

— Le Duc était fiancé à l'une des filles de Rochester, mais, au grand dam de toute la haute société de New York et de la famille de ce dernier, il a soudainement rompu ses fiançailles !

— Pourquoi ? demanda Olivia.

— Parce que, dit sa mère, il était amoureux de quelqu'un d'autre. Quelqu'un qui avait des origines plus *modestes*...

— Tu veux dire grand-tante Edna? devina Olivia.

Sa mère hocha la tête.

— Elle n'avait que 18 ans lorsqu'il l'a emmenée en Italie, dit-elle avec un soupçon de nostalgie. Elle ne s'était jamais aventurée à plus de 10 pâtés de maisons de sa demeure avant ça.

— Wow! murmura Camilla.

— Le Duc la couvrit de cadeaux et ils vécurent heureux jusqu'à la fin de leurs jours, déclara madame Abbott d'un ton heureux.

Olivia était impressionnée.

— Est-ce que tu l'as rencontré? demanda-t-elle.

— Une fois seulement, répondit sa mère, lorsque j'avais environ sept ans et que je vivais en Floride. Edna et le Duc étaient venus visiter les Keys de la Floride et ils en avaient profité pour rendre visite à grand-mère et à grand-père.

— Comment était-elle? demanda Camilla.

— Elle était la personne la plus *glamour* que j'aie vue de ma vie, répondit la mère d'Olivia. Elle portait un collier de bijoux scintillant qu'elle m'avait laissé essayer et avec lequel je me prenais pour une princesse. Et ils… eh bien, il était évident qu'ils s'adoraient.

La voiture arriva à un feu de circulation et la mère d'Olivia se retourna vers elle.

— Et voilà, finit sa mère, l'histoire de ta grand-tante Edna !

— Elle avait l'air fantastique, dit Olivia. C'est dommage que je ne l'aie jamais rencontrée.

— C'est ce que je pense aussi, répondit sa mère. Mais, au moins, elle m'a laissé des choses qui nous aideront à nous souvenir d'elle.

— Alors, qu'est-ce qu'elle t'a laissé ? demanda Olivia.

Madame Abbott renifla et Olivia se rendit compte que les yeux de sa mère se remplissaient de larmes.

— Le collier en diamants et en rubis qu'elle m'avait laissé essayer lorsque j'étais petite fille.

— Pas vrai ! s'écria Olivia.

— Et ce n'est pas tout.

Sa mère sourit en essuyant une larme qui coulait sur sa joue avec le revers de sa main.

— Elle m'a aussi laissé un éventail en plumes d'autruche orné de pierres précieuses, et une boîte à bijoux avec un compartiment secret rempli de lettres d'amour que le Duc et elle s'étaient envoyées.

Olivia se retourna pour regarder Camilla et vit qu'elle était bouche bée.

— Penses-tu à la même chose que moi ? demanda-t-elle.

— Mmh mmh, répliqua Camilla avec un large sourire. Je crois bien que notre projet de film portera sur une histoire d'amour à l'ancienne !

CHAPITRE 4

Olivia descendit les marches à toute vitesse le matin suivant, ses cheveux encore mouillés et dégoulinants à sa sortie de la douche. Elle bondit à travers la petite cuisine, se précipita dans la salle familiale et se mit à chercher frénétiquement la télécommande entre les coussins du divan. Tout d'un coup, elle entendit un bruit : Ffffffffffffffff !

Olivia s'arrêta net et se redressa. Elle jeta un coup d'œil autour de la salle, mais rien ne semblait sortir de l'ordinaire.

« Peut-être que quelqu'un a tiré la chaîne en haut », se dit-elle en se penchant de nouveau pour chercher la télécommande.

Ffffffffffffffffffff ! Le bruit était plus fort cette fois-ci.

«Ça vient de près, se dit Olivia, et son cœur se mit à palpiter. Je crois que ça vient de derrière le divan!»

Elle saisit un coussin et rampa jusqu'à l'extrémité du canapé en le tenant par-dessus son épaule, à la manière d'un bâton de baseball. Elle s'approcha très lentement et regarda au bout du sofa…

— Ffffffffffffffffffff! exhala son père, et Olivia se retrouva nez à nez avec le dessous de ses pieds nus.

«Beurk!» se dit-elle en se détendant à nouveau.

Son père, vêtu d'un pyjama, était couché sur le sol, les yeux fermés. Pendant un instant, elle pensa qu'il s'était peut-être fait mal, mais il leva tout doucement sa jambe droite, puis étendit son bras gauche à la diagonale afin de toucher son gros orteil. Il s'efforça de garder ce dernier en l'air; sa cheville tremblait légèrement.

— Ffffffffffffffffffff!

— PAPA! cria Olivia.

Son père sursauta comme si elle lui avait jeté un seau d'eau glacée à la figure.

— Qu'est-ce qu'il y a? cria-t-il.

— Qu'est-ce que tu fais? demanda Olivia.

— Je pratique le li ching, répondit-il d'un ton neutre.

Olivia n'avait jamais entendu parler du li ching, mais elle savait que son père était toujours à la recherche d'arts martiaux inconnus à pratiquer. Aucun d'eux ne l'avait rendu plus *cool*, toutefois, ni moins embarrassant.

— Tu m'as fait peur, dit-elle.

Son père leva le menton.

— Celui qui maîtrise le li ching peut faire des choses effrayantes !

Olivia leva les yeux au ciel et dit :

— Où est la télécommande ?

Son père haussa les épaules et lança un coup d'œil rapide autour de la salle. Puis, il s'exclama :

— Ah ! et il mit la main dans la poche de son pyjama.

Olivia saisit la télécommande et syntonisa *La Star du matin*. À l'écran, Serena Star parlait au microphone devant l'école secondaire Franklin Grove.

— Des sources anonymes ont révélé que Garrick Stephens, l'étudiant de Franklin Grove qui s'est approprié les funérailles d'un homme mort, dimanche dernier — sur ces paroles, une image de Garrick, affichant un sourire sournois, apparut juste à côté de la tête de Serena Star —, est le pilier des Bêtes, un gang de brutes qui fait constamment référence aux sciences occultes.

— Serena Star était à ton école ? demanda monsieur Abbott avec curiosité.

Olivia hocha la tête vigoureusement pour lui intimer de se taire.

— Certains étudiants croient que le comportement bizarre de monsieur Stephens et de ses amis pourrait être le symptôme d'un problème beaucoup plus important, continua Serena Star. Un problème qui ne serait rien de moins que... remortcable !

Un graphique affichant le mot « Remortcable ! » apparut à côté de sa tête.

« Quel mot ridicule ! » se dit Olivia.

Mais elle fut étonnée lorsque le graphique fut remplacé par le visage rougi de Charlotte Brown, sous lequel une légende indiquait *Charlotte Brown, meneuse de claques en chef.*

— J'étais dans les toilettes des filles, occupée à me mettre du brillant à lèvres, lorsque deux filles gothiques sont entrées, dit Charlotte.

Olivia ferma les yeux, honteuse.

— Elles portaient des haillons noirs de la tête aux pieds et leurs ongles étaient recouverts de vernis noir, puis elles ont *grogné* contre moi! termina Charlotte.

— Vous croyez donc que le fait que de si nombreux étudiants de Franklin Grove soient obsédés par l'obscurité est un problème? fit la voix de Serena Star en hors champ.

— Totalement! confirma Charlotte.

— Intéressant, murmura le père d'Olivia.

Serena Star réapparut à l'écran.

— Il est évident qu'une influence sinistre et malveillante est en train d'éloigner les bons étudiants, comme Charlotte Brown, de cette école.

Olivia leva les yeux alors que Serena Star marchait vers la caméra d'un pas théâtral, s'arrêtant seulement lorsque son visage eut rempli l'écran en entier.

— Téléspectateurs, là où il y a de la fumée, il y a un incendie criminel! Qui se cache derrière les forces obscures qui étreignent Franklin Grove? Le jeune Garrick Stephens n'est évidemment pas assez intelligent pour être le vrai chef de la bande. Qui est-ce donc? demanda Serena. Moi, Serena

Star, suis déterminée à le découvrir, car la Star de la vérité doit briller! cria-t-elle en levant son microphone dans les airs.

Puis, d'un calme soudain, elle sourit et dit :

— Je suis Serena Star. Téléspectateurs, réveillez-vous!

Olivia éteignit la télévision. Son père remarqua qu'elle fronçait les sourcils et lui dit :

— Ne t'en fais pas pour ces Bêtes, Olivia. Je t'apprendrai le li ching pour que tu puisses te protéger.

Olivia gémit et se dirigea dans la cuisine. Elle regardait dans le vide en pensant à Serena tandis qu'elle mangeait son yogourt, lorsque quelque chose dans la salle d'à côté capta son attention : une plume brillante dépassait de l'étagère supérieure de la grande armoire, là où ses parents rangeaient la belle porcelaine.

Olivia se rendit compte que sa mère avait sûrement rangé les précieux objets de grand-tante Edna là-haut après que Camilla et elle les eurent contemplés la veille.

Puisqu'elle ne disposait pas de l'aide d'une autre meneuse de claques pour la soulever, Olivia traîna sa chaise près de l'armoire afin d'atteindre l'étagère supérieure.

Elle laissa l'éventail en plumes d'autruche à sa place et transporta délicatement la boîte en bois à la cuisine, puis la posa devant elle, sur la table. Elle n'en revenait pas encore de sa beauté : la boîte était faite de bois de cerisier reluisant et délicatement rehaussé de motifs de fleurs et d'oiseaux sculptés.

Olivia souleva le couvercle et contempla le précieux collier de grand-tante Edna, qui brillait de tous ses feux sur la doublure en satin bleu foncé du compartiment. Pour une raison quelconque, cela lui fit penser à Garrick Stephens et à son luxueux Interna 3, mais elle eut tôt fait d'effacer cette pensée de son esprit.

Olivia sortit délicatement le collier étincelant et le mit de côté. Ensuite, elle appuya tout doucement sur le fond du compartiment, comme sa mère le lui avait montré. Elle entendit un léger clic et le faux fond s'ouvrit pour révéler une pile de lettres jaunies.

Une demi-heure plus tard, Olivia était toujours absorbée dans sa lecture ; les lettres étaient *tellement* romantiques. Elle en replia une et en déplia une autre, qui se lisait comme suit :

Mon très cher Duc,
Vous savez que cela ne peut se faire. Nous venons de mondes différents. Oh, comme j'aimerais que nous puissions être ensemble, mais je n'ose me permettre d'imaginer un futur dans vos bras. Comme il serait merveilleux de vivre côte à côte dans un foyer rempli d'amour et de paix, d'avoir un précieux enfant — un bébé qui aurait vos magnifiques yeux… Mais je ne dois pas écrire de telles fantaisies. Ma tête fait la guerre à mon cœur !

Je vous supplie de ne pas me regarder quand je servirai le thé cet après-midi ; je ne crois pas que je pourrais le supporter !

Avec amour et tristesse,
Edna

En terminant de lire la lettre, Olivia sentit une larme couler le long de sa joue.

— Je t'ai fait des rôties, interrompit sa mère.

Olivia n'avait même pas remarqué qu'elle était entrée dans la cuisine. Elle s'essuya rapidement la joue avec le dos de sa main.

— Merci, murmura-t-elle.

Sa mère s'assit en face d'elle, fit glisser le plat de rôties dans sa direction et examina son visage.

— Alors… comment avancent les préparatifs pour votre film ? demanda-t-elle.

— Bien, répondit Olivia à voix basse.

Sa mère hocha la tête.

— Qu'est-ce qu'il y a, ma puce ? demanda-t-elle doucement.

Olivia sentait une boule dans sa gorge.

— Rien, dit-elle en baissant les yeux vers son assiette.

Sa mère étendit le bras et prit sa main.

Olivia combattit son envie de pleurer.

— Je pense, hoqueta-t-elle, que toute cette histoire avec grand-tante Edna m'a fait penser, tu sais, à mes propres parents biologiques.

Sa mère soupira et hocha la tête.

— C'est tout à fait normal de vouloir en savoir davantage sur tes parents biologiques, ma chérie, dit-elle doucement. J'aimerais tellement pouvoir t'en dire plus à leur sujet.

— Je sais, dit Olivia.

— Je serais heureuse de te ressortir le dossier d'adoption pour que tu puisses le consulter, offrit sa mère.

Olivia prit un papier-mouchoir et se moucha.

— Il n'y a pas grand-chose à consulter, dit-elle d'une voix tremblotante en regardant le plafond, les yeux pleins de larmes. Ça dit juste que quelqu'un m'a confiée à l'agence d'adoption de façon anonyme.

— Avec la note qui comportait ton nom et ta date de naissance, ajouta sa mère.

Puis, elle sourit et serra la main d'Olivia.

— Tu sais que j'ai toujours adoré ton nom.

— Et n'oublie pas la bague, dit Olivia en remuant son doigt et en s'efforçant de sourire.

— Et la bague, consentit sa mère.

Elle se leva et fit le tour de la table pour donner un gros câlin à Olivia, qui enfouit son visage dans l'épaule de sa mère.

— Je t'aime tellement, ma chérie, chuchota sa mère, et Olivia se sentit un peu mieux.

Puis, sa mère jeta un regard à l'horloge au-dessus de la cuisinière.

— Le Maman express quitte en direction de l'école dans 15 minutes pile, taquina-t-elle, et tu n'es pas encore coiffée.

Olivia sourit à travers ses larmes.

— Va finir de te préparer pendant que je range les choses d'Edna, suggéra madame Abbott.

— Merci, maman, dit Olivia en se dirigeant à l'étage, à pas feutrés, afin de se coiffer.

Vingt minutes plus tard, Olivia regardait par la fenêtre de la voiture pendant que sa mère la conduisait à l'école. Son esprit fourmillait de questions sur ses vrais parents. Qui étaient-ils? Pourquoi les avaient-ils abandonnées? Étaient-ils amoureux comme Edna et le Duc?

À deux pâtés de maisons de l'école, Olivia remarqua une personne vêtue de noir qui marchait sur le trottoir un peu plus loin. Même à cette distance, elle pouvait aisément reconnaître Ivy.

— Je vais sortir ici, lâcha Olivia.

Elle voulait vraiment parler à sa sœur, mais elle ne pouvait prendre le risque que sa mère voie Ivy de plus près, au cas où elle remarquerait leur ressemblance.

— Pourquoi? demanda sa mère.

Olivia hésita.

— Pour prendre de l'air frais…

Elle fut soulagée lorsque sa mère rangea la voiture sans poser d'autres questions. Olivia lui fit un câlin et sortit. Elle attendit que sa mère s'éloigne, puis cria :

— Ivy, attends-moi !

Ivy se retourna avec un air renfrogné. Elle donna un coup de pied sur le sol pour retirer une saleté de sa botte en attendant qu'Olivia la rattrape.

— Tu n'as pas l'air contente, observa Olivia.

— Je ne le suis pas, répondit sèchement Ivy.

— Qu'est-ce qu'il y a ?

— Je n'ai toujours pas de citation pour Serena Star, expliqua Ivy. Mais bon, peu importe. Toi, qu'est-ce que tu as ?

Olivia la regarda d'un air perplexe et Ivy dit :

— Ce n'est pas parce que tu as toujours l'air ensoleillée que je ne sens pas quand tu es nuageuse à l'intérieur.

Olivia sourit, puis sa sœur et elle se mirent lentement en route.

— Camilla et moi, on fait un film pour notre cours d'études médiatiques, commença Olivia.

— J'ai vu les Bêtes travailler sur le leur, dit Ivy en hochant la tête. Il paraît que Garrick va faire de Charlotte Brown une vedette.

— Ouais, soupira Olivia. Eh bien, Camilla et moi faisons notre film sur une personne de la famille de ma mère dont je ne connaissais même pas l'existence : sa grand-tante Edna. Elle vient de mourir et elle a laissé des lettres d'amour et d'autres choses à ma mère ; il y a un collier de rubis et de diamants que tu adorerais.

— Ah oui ? dit Ivy, les yeux pétillants. Ça a l'air mortel.

— Ça l'est, consentit Olivia.

— Alors, qu'est-ce qui ne va pas ?

Olivia soupira.

— Ivy, penses-tu à nos vrais parents parfois ?

— Chaque fois que mon père me rend folle, dit Ivy en souriant.

— Je suis sérieuse, dit Olivia. Toute cette histoire à propos de ma grand-tante Edna m'a vraiment fait penser à… à notre famille, à l'histoire et tout ça. C'est que j'aime ma mère et mon père et je me sens super chanceuse qu'ils m'aient adoptée, mais j'aimerais vraiment qu'on sache des choses, *n'importe quoi*, à propos de nos parents biologiques. Qui sait? Peut-être que nous avons des grands-parents quelque part, ou des tantes, des oncles et des cousins. Nous avons peut-être une grande famille et nous ne le savons pas!

— J'ai beaucoup pensé à nos parents lorsqu'on s'est retrouvées, dit Ivy. Je suis chanceuse d'avoir un père aussi génial, et maintenant, je t'ai aussi. Mais j'aimerais en savoir plus sur nos origines.

— Exactement, renchérit Olivia alors qu'elles traversaient la rue devant l'école. Penses-y. Qui a écrit les notes lorsqu'ils nous ont confiées à l'adoption?

Ivy s'arrêta brusquement.

— Quelles notes?

— Tu sais, éclaircit Olivia, le morceau de papier qu'ils ont laissé avec le nom du bébé et la date de naissance.

— Je n'ai pas eu de note, dit Ivy.

Puis, elle murmura :

— Du moins, pas à ce que je sache.

Elle se mordilla la lèvre de façon songeuse tandis qu'elles continuaient à marcher.

— Alors, comment as-tu su où tu étais née? demanda Olivia.

— Mon père m'a dit que c'était dans le dossier d'adoption, répliqua Ivy, mais il n'a jamais mentionné de note.

— Eh bien, tu devrais lui en parler. Serena Star n'a pas à être la seule personne déterminée à découvrir la vérité à Franklin Grove, dit Olivia.

— Merci de me le rappeler, dit Ivy en grimaçant. Je n'ai que jusqu'à l'heure du déjeuner pour sauver mon clan. Mais aussitôt que j'aurai terminé de faire ça, nous chercherons nos parents ensemble, d'accord ?

— C'est un bon plan, dit Olivia en souriant. Bonne chance pour ta citation !

Ivy s'était déjà précipitée dans les escaliers.

— J'en aurai bien besoin, lança-t-elle par-dessus son épaule.

★ 🦇 ★

Pendant la pause précédant la troisième période de la journée, Ivy voletait dans l'école comme une chauve-souris tentant désespérément de trouver la sortie de sa grotte. Sa sœur sautilla vers elle, vêtue d'un chandail à manches longues sur lequel était écrit *Youppi !* en lettres bleues et gonflées.

— Hé ! dit Olivia. Et puis ?

Ivy secoua la tête. Elle se sentait un peu malade.

Olivia écarquilla les yeux.

— Tu veux dire que tu n'as pas encore trouvé de citation ?

Ivy passa sa main dans ses cheveux.

— Ce n'est pas parce que je n'ai pas essayé, gémit-elle.

— D'accord, dit Olivia en hochant la tête. Ça va. Nous trouverons quelque chose.

Elle balaya les corridors du regard tandis qu'Ivy se mordillait la lèvre, pleine d'espoir.

— J'ai trouvé ! annonça Olivia après un moment.

— Quoi ? Qu'est-ce que c'est ? demanda Ivy avec enthousiasme.

— Monsieur Slipson, lui dit Olivia.

Ivy suivit le regard de sa sœur et vit le conseiller d'orientation scolaire, monsieur Slipson, agiter frénétiquement les bras en parlant à madame Klinter, la professeure d'informatique, devant son bureau. Les boutons de sa chemise étaient sur le point d'éclater, et un minuscule nœud papillon en cachemire pendait sous son énorme menton.

Ivy l'entendit dire :

— C'est outrageant !

Ses minuscules lunettes semblaient prêtes à se catapulter hors de son rond visage.

Les coins de la bouche d'Ivy se recourbèrent. Monsieur Slipson passait continuellement du coq à l'âne dans des discours qui ne faisaient aucun sens, et il disait constamment des choses qui avaient l'air alarmantes, mais qui, en fait, n'étaient aucunement fondées. Il était totalement *parfait*.

Ivy jeta ses bras autour d'Olivia.

— Tu es vraiment la meilleure sœur jumelle que j'aie eue, dit-elle.

Quelques instants plus tard, Ivy prenait place aux côtés du conseiller d'orientation.

— Excusez-moi, l'interrompit-elle. Monsieur Slipson ?

— Mademoiselle Vega ! hurla monsieur Slipson. Je parlais justement du problème concernant les brosses de toilettes à madame Klinter.

Madame Klinter sourit faiblement avant de se précipiter dans le corridor à toute vitesse, comme si sa vie en dépendait.

— Oui! dit Ivy. Mmh, monsieur Slipson, est-ce que je pourrais vous parler de…

— Bien sûr que tu peux me parler. C'est mon travail, j'ai l'oreille attentive.

— Oui. Eh bien, j'aimerais avoir votre opinion pour un reportage que Serena Star est en train de faire, dit Ivy.

— Serena Star! s'exclama monsieur Slipson avec un cri de joie. Son exposé de l'an dernier intitulé « L'hygiène des gens riches et célèbres » était captivant!

Une heure plus tard, Ivy entrait dans les bureaux du *Scribe* avec Sophia. Cette fois-ci, elles étaient les premières arrivées, à l'exception du directeur Whitehead et de Serena Star elle-même.

— Bonjour! dit Ivy avec le plus d'enthousiasme possible et en choisissant le siège à côté de Serena.

— Bonjour, répondit Serena Star. En tant que rédactrice principale ici, as-tu eu ta citation?

Ivy s'approcha de Serena et chuchota :

— Garrick Stephens n'est que la pointe de l'iceberg.

Les grands yeux de Serena Star brillaient d'excitation.

— Eh bien, j'ai très hâte de savoir ce que tu as appris! dit-elle en signe d'approbation.

Camilla entra et se dirigea vers le caméraman. Ivy l'entendit dire :

— Voici le livre *La huitième dimension* dont je t'ai parlé.

Elle lui tendit un livre de poche usé.

— Merci, Camilla, répliqua le caméraman en hochant la tête pour démontrer son appréciation.

Le reste de l'équipe fit son entrée. Toby s'assit de l'autre côté de Serena, ajusta sa cravate à pois et joignit ses deux mains devant lui, sur la table.

«Il a l'air confiant», se dit Ivy en gigotant inconfortablement sur son siège.

— Commençons, annonça Serena avec impatience. Qui veut passer en premier?

Marnie Squingle leva la main et Serena Star la pointa.

Marnie se racla la gorge, prit son cahier et lut :

— Justin Fairfax, un étudiant de huitième année de Franklin Grove, qui est dans le même cours d'éducation physique que Garrick Stephens, m'a dit — et je cite — : «Garrick Stephens a la pire odeur corporelle qui puisse exister. Il sent la mort».

Marnie leva la tête; son visage arborait un air suffisant.

— C'est tout? dit Serena.

— Il sent «la mort», répéta Marnie en hochant la tête. N'est-ce pas choquant?

— Non, répliqua Serena, pas vraiment. À qui le tour?

Rudy Preston agita son bras costaud dans les airs. Il jeta un coup d'œil au morceau de papier devant lui, puis le plia et le mit dans sa poche.

«Il doit avoir appris sa citation par cœur», se dit Ivy, impressionnée.

Rudy regarda partout autour de lui et commença.

— Je veux être l'assistant de Serena Star parce qu'elle est la journaliste la plus belle, la plus intelligente et la plus intéressante qui existe de nos jours, dit-il d'une voix ferme. J'admire son courage, son sens de la justice et son sourire parfait. Je me souviens encore de la première fois où je l'ai vue à la télévision. J'étais…

— Holà! interrompit Serena. Est-ce qu'une partie de ce discours portera sur Garrick Stephens et sa secte?

Les yeux de Rudy louchèrent.

— Je pensais que vous cherchiez simplement la meilleure citation.

— Au prochain, dit Serena avec dédain.

Rudy ouvrit la bouche et la referma; il était évident qu'il ne comprenait pas ce qu'il avait fait de travers.

— Pauvre gars, chuchota Sophia dans l'oreille d'Ivy.

Will Kerrell était le prochain. Le garçon, qui était nerveux même dans les meilleures circonstances, fixa son cahier et lut rapidement, d'une voix monotone:

— «Ces Bêtes aiment la musique heavy metal, et tout le monde sait que le fait de faire jouer cette musique à l'envers nous pousse à manger des têtes de chauves-souris et à courir dans la rue en criant, sans compter que cela fait exploser nos orbites, répandant nos cerveaux un peu partout!»

— Qui a dit ça? demanda Serena.

— Mon cousin Charlie, lui dit Will. Il est au deuxième cycle.

— Eh bien, il a absolument raison, dit Serena. Malheureusement, le heavy metal, c'est de l'histoire ancienne.

« À ce rythme-là, se dit Ivy avec espoir, j'ai de bonnes chances d'obtenir le poste d'assistante. »

Elle prit une grande respiration et leva la main.

— Allez-y, invita Serena.

— Ma citation vient du très inquiet conseiller d'orientation de Franklin Grove, monsieur Reginald Slipson, dit Ivy. Monsieur Slipson soupçonne depuis longtemps que quelque chose cloche chez les étudiants de Franklin Grove. Selon lui, ce dernier incident au cimetière est un exemple parfait du problème sinistre qui menace notre communauté.

— Ça semble prometteur, murmura Serena.

Camilla et Sophia lancèrent un regard d'encouragement à Ivy.

— Monsieur Slipson a fouillé dans les dossiers de l'école, continua Ivy, et il a remarqué une tendance dérangeante. Il paraîtrait que les étudiants ne dorment pas assez la nuit. En fait, Franklin Grove est l'établissement avec le nombre le plus élevé d'étudiants qui s'endorment dans leurs cours au pays.

— Pourquoi? demanda Serena.

— Oui, comment ça se fait? demanda le directeur Whitehead.

Ivy haussa les sourcils.

— Je crois que la réponse vous choquera tous, dit-elle.

Puis, elle fit une pause pour se donner un air dramatique et se racla la gorge.

— Ceci est une citation directe de monsieur Slipson : «Que font ces étudiants au juste lorsque les gens normaux sont au lit? Des choses horribles. Des choses *dénaturées*!»

Les yeux de Serena Star étaient plus écarquillés que jamais. Ivy se cala dans sa chaise et jeta un regard triomphal à Sophia.

Après une seconde, Serena dit :

— Ne t'arrête pas là.

— Qu-quoi? bégaya Ivy.

— Partage-nous le reste de ta citation. Quelle sorte de choses «dénaturées»?

Ivy hésita; elle avait vraiment espéré que ce qu'elle avait lu jusqu'ici aurait suffi.

— Continue! insista Serena, et Sophia la regarda avec espoir.

Ivy lut sa citation en entier, sa voix s'affaiblissant avec chaque mot.

— « Que font ces étudiants au juste lorsque les gens normaux sont au lit ? Des choses horribles. Des choses *dénaturées* ! Ils consomment de la malbouffe bourrée d'additifs alimentaires, ils écoutent de la musique sur des dispositifs portables, ils naviguent sur Internet, ils jouent à des jeux vidéo, ils regardent la télévision transmise via des satellites dans le ciel. Cette épidémie d'insomnie est en train de détruire nos jeunes ! »

Serena tapota du bout de ses ongles roses sur la table.

— J'ai aimé le début, dit-elle, mais ensuite, tu m'as perdue. Aide-moi un peu. Est-ce que la primeur réside dans le fait que les jeunes restent éveillés tard ?

— Exactement, convint Ivy.

Serena hocha la tête.

— J'en avais bien peur.

Puis, elle ajouta :

— Que c'est endormant.

Tout le monde rit.

Ivy appuya ses mains sur la table.

— La vérité est parfois moins sensationnelle que ce que l'on imagine, Mademoiselle Star.

— Je sais, dit Serena. C'est vraiment *décevant*!

Ivy referma son cahier en essayant de conserver un air optimiste. Elle savait que sa citation n'était pas exactement à la hauteur des attentes de Serena Star, mais peut-être que ce début serait suffisant pour qu'elle obtienne le poste d'assistante.

«Ou au moins, se dit Ivy avec scepticisme, la convaincre qu'il n'y a aucun secret inavouable à Franklin Grove. »

Peu de temps après, il ne restait plus que Toby. Il déposa un porte-documents en cuir sur la table et dit :

— Avant de commencer, j'aimerais vous remercier, Mademoiselle Star, pour cette opportunité extraordinaire.

Puis, il ouvrit le porte-documents et en sortit une feuille imprimée, comme s'il allait présenter une argumentation devant la Cour suprême.

— Je dois ma citation à la profession dentaire, commença Toby en rangeant son porte-documents. Plus particulièrement à mon hygiéniste dentaire, mademoiselle Monica Messler.

Serena n'avait pas l'air impressionnée.

«Comparée à la dentisterie, ma citation ne paraîtra peut-être pas si ennuyeuse
après tout», se dit Ivy en s'égayant.

— Permettez-moi de m'expliquer,
continua Toby. J'étais à mon rendez-vous
chez le dentiste, hier après-midi, lorsqu'une
reprise de l'édition matinale de *La Star du
matin* a débuté sur les ondes de la télévision
qui se trouvait au-dessus de ma chaise.
Mademoiselle Messler, qui nettoyait mes
dents à ce moment, m'a alors dit qu'elle
reconnaissait Garrick Stephens, car il était
venu au cabinet récemment.

Soudainement, une horrible sensation de lourdeur envahit la poitrine d'Ivy.
Sophia et elle échangèrent des regards
inquiets tandis que Toby dit :

— Mademoiselle Messler m'a dit que
c'était une visite très étrange.

Serena Star se pencha vers l'avant,
manifestement intéressée désormais.

— J'ai failli m'étouffer avec le tube d'as-
piration en tentant d'en savoir plus. Voici
ce qu'elle m'a dit, fit Toby en regardant
sa feuille. «Garrick Stephens est venu au
cabinet jeudi dernier. Il voulait savoir combien il devrait débourser pour des crocs de
vampire.»

Ivy sentit sa peau rougir, et elle eut la sensation qu'elle allait s'évanouir. Elle ferma les yeux pour faire disparaître son vertige et sentit Sophia tenir fermement sa main sous la table. Ivy ouvrit les yeux et, lorsqu'elle vit que Serena Star la regardait fixement, elle détourna rapidement le regard.

— «Nous avons tous pensé que c'était une demande vraiment étrange…, dit Toby en continuant de lire sa citation, surtout qu'il n'est même pas un patient du docteur Roth».

— Que s'est-il passé? insista Serena.

— Rien, dit Toby en haussant les épaules. La réceptionniste lui a dit qu'il devrait parler au docteur Roth, mais qu'il était occupé avec un patient pour le moment. Garrick a donc dit qu'il repasserait plus tard, mais il n'est jamais revenu.

Serena Star se leva.

— A-t-il dit pourquoi il voulait avoir des crocs?

— Non, répondit Toby.

— Et est-ce que l'assistante dentaire serait prête à paraître devant la caméra?

Toby hocha la tête.

— Je crois que oui.

On pouvait presque voir des étoiles dans les grands yeux de Serena.

— J'imagine déjà le graphique, murmura-t-elle en étendant ses mains dans les airs comme si elle faisait apparaître des mots sur un écran de télévision invisible. IN-CROC-YABLE!

Puis, elle cligna des yeux, ramassa son sac et fit un geste à l'intention de son caméraman.

— Directeur Whitehead, dit-elle en le regardant à peine, je prends Toby avec moi pour le reste de la journée afin d'effectuer un peu de travail sur le terrain. Toby, allons-y!

— Mais qui a eu le poste d'assistant? lança Marnie Squingle.

— Qu'est-ce que tu en penses? rétorqua Serena.

Sur ce, elle se précipita vers la porte, suivie de près par Toby Decker, qui souriait largement en se dépêchant de la rattraper.

Ivy était sur le point d'enfouir son visage dans ses mains lorsqu'elle entendit un pleurnichement; Rudy Preston avait éclaté en sanglots.

— Ce n'est pas de ta faute, Ivy, dit Sophia tandis qu'elles traversaient le corridor. *Personne* ne pouvait rivaliser avec une citation comme ça.

— Je sais, dit Ivy. Mais ces nouvelles sont sérieusement mauvaises, So.

Elle regarda tout autour pour s'assurer que personne n'écoutait.

— Un vampire qui s'informe sur de nouveaux crocs? À quoi Garrick pouvait-il bien penser?

— Sa mère le tuerait probablement s'il laissait pousser ses propres incisives, dit Sophia d'un air lugubre.

— Mais pourquoi aller voir un dentiste humain? dit Ivy, totalement exaspérée.

— Tu connais déjà la réponse, dit Sophia en levant les yeux au ciel. Aucun dentiste de notre communauté ne consentirait à faire une telle chose!

«Elle a raison», se dit Ivy.

Se faire faire des crocs, ou même seulement omettre de limer ses véritables dents pendant une période de temps prolongée violait le Règlement administratif de la nuit de 1926 : «Un vampire ne tentera jamais, ni ne complotera, de mordre un humain.» Le risque de se faire prendre serait beaucoup trop important, sans compter le fait que ce serait incroyablement mal.

— De toute façon, dit Sophia, c'est l'heure du plan B : limitation des dégâts. Nous devons garder un œil sur Toby et sur les découvertes que lui et Serena feront.

— Et comment allons-nous faire ça ? demanda Ivy.

— J'ai pensé que tu pourrais peut-être devenir la nouvelle meilleure amie de Toby, suggéra Sophia.

— Bien sûr, répliqua Ivy. As-tu vu ce qu'il portait aujourd'hui ? Je ne pense pas être son genre.

— Allez, taquina son amie, tu serais mortelle dans une robe à pois !

Cela donna une idée à Ivy.

— *Je* ne suis peut-être pas la bonne personne, dit-elle en regardant plus loin dans le corridor, mais je crois savoir qui pourrait l'être.

Ivy se dirigea rapidement vers sa sœur, qui était en train d'ouvrir son casier.

— As-tu eu le poste ? demanda Olivia avec une note d'espoir dans la voix.

Ivy secoua la tête et le visage d'Olivia s'assombrit.

— Nous avons perdu contre une citation à propos de Garrick Stephens à l'effet qu'il aurait demandé à un dentiste de lui faire de faux crocs, admit Ivy.

Olivia grimaça.

— Ce n'est pas une bonne chose, ça. Qu'allons-nous faire maintenant ?

— Je suis contente que tu me le demandes, répondit Ivy. Nous allons nous assurer de savoir ce que Serena Star découvre avant même qu'*elle* ne le sache.

— Comment ?

Ivy sourit.

— Eh bien, Olivia, est-ce que je t'ai déjà dit à quel point tu es exceptionnellement douée pour te faire des amis ?

Olivia la regarda avec suspicion.

— Pourquoi ai-je l'impression que tu essaies de me flatter pour me demander une faveur ?

— Mais non, répondit Ivy sur un ton innocent. J'ai simplement pensé que tu aimerais peut-être faire de Toby Decker ton nouvel ami.

— Toby Decker ? répéta Olivia. Je le connais, il est dans mon cours de maths. Il est gentil, mais un peu ennuyeux.

— Plus maintenant, répondit Ivy. Il risque d'avoir des histoires très intéressantes à raconter maintenant qu'il est le nouvel assistant de Serena Star.

Olivia assimila cette information.

— Bon, je ferais mieux de commencer à m'en faire un ami tout de suite, dit-elle.

CHAPITRE 5

Après les cours, Olivia se réchauffait en vue de la pratique de claques qui allait avoir lieu dans le gymnase, tout en essayant d'ignorer à la fois Charlotte Brown, qui papotait inconsciemment à propos du fait que son passage à la télé avait complètement changé sa vie, et Garrick Stephens, qui flânait dans les estrades avec Kyle Glass en reluquant toutes les meneuses de claques sous prétexte de faire de la «recherche» pour leur film.

Soudainement, la porte du gymnase s'ouvrit et Serena Star entra d'un pas lourd, suivie de Toby Decker et de son caméraman. L'amie de Charlotte, Katie, sursauta et chuchota :

— Mais mes cheveux sont affreux aujourd'hui !

— Hé! Serena, dit Garrick Stephens en se levant des estrades et en se dirigeant vers elle en trottant.

Il portait encore le même t-shirt de l'Interna 3; Olivia trouvait qu'il commençait à avoir l'air crasseux.

— Je me demandais bien quand tu reviendrais pour avoir une autre dose de moi!

Serena se retourna vers Toby et lui dit, assez fort pour que tout le monde puisse l'entendre :

— Tiens-le loin de moi.

Toby lança un regard incertain en direction de Garrick et alla se placer à côté de lui tandis que Serena s'approchait de Charlotte.

— Je dois te parler, dit Serena.

— Bien sûr! fit Charlotte en adressant un clin d'œil suffisant à Olivia alors que Serena la guidait loin des oreilles indiscrètes.

« Je dois entendre ce qu'elles disent! » songea Olivia.

Elle commença alors à exécuter de grands sauts papillon, se rapprochant doucement de Charlotte et de Serena. Enfin, elle entendit Serena Star dire :

— Tu as un rôle important dans le film de Garrick Stephens ?

Charlotte fit valser ses cheveux vers l'arrière et dit :

— Pas vraiment, c'est juste…

— Ça s'appelle *Les pompons de la peur*, interrompit Garrick qui avait refait surface à leurs côtés tandis que Toby tentait de l'intercepter. Ça va être un mégasuccès !

Serena se retourna pour faire face à Garrick et lui dit sèchement :

— Tu ne devrais pas te trouver dans un cercueil ?

Puis, elle jeta un regard par-dessus son épaule à l'intention de son nouvel assistant.

— Toby, y a-t-il un problème ?

— Non, Mademoiselle Star, répondit Toby d'un ton gêné. Je veux dire, oui, Mademoiselle Star. Je veux dire, viens, Garrick.

Il posa sa main sur le bras de Garrick, qui s'agita pour s'en débarrasser.

— Le showbiz, dit-il d'un ton renfrogné. Un jour, tu es la plus grosse vedette et, le suivant, on te met à la rue.

Il lança un regard noir qui en disait long à Serena Star, puis s'éloigna.

Serena se retourna vers Charlotte et se remit à sourire.

— Est-ce que Garrick ou ses amis t'ont demandé de faire des choses étranges ? continua-t-elle.

— Comme quoi ? demanda Charlotte.

— Comme dormir dans un cercueil, par exemple ? Ou autre chose ayant un quelconque lien avec des crocs de vampire ?

Charlotte rit :

— Oh, *ça* !

Olivia rata l'un de ses sauts papillon.

— Je croyais que vous parliez de quelque chose de sérieux. Ces gars-là jouent constamment à Dracula. C'est *tellement* nul. Ils disent toujours des choses du genre « Je veux boire ton sang » et « Je devrais mordre le cou de ce gars ».

Charlotte leva les yeux au ciel.

— On est quand même en huitième année ; il me semble qu'il serait temps d'arrêter de jouer à se déguiser, non ?

Serena hocha la tête.

— Tous ces propos au sujet de vampires pourraient bien marquer le début de quelque chose de dangereux, dit-elle. As-tu entendu parler d'attaques violentes d'animaux ou de meurtres effroyables à Franklin Grove ?

Charlotte fronça les sourcils et eut l'air légèrement inquiète.

— Non, je ne… je veux dire, je ne m'en souviens pas… bégaya-t-elle.

Serena sourit de façon rassurante et changea de sujet, mais Olivia sentit son estomac chavirer. Serena Star était en train de devenir obsédée par les vampires, et cette fixation pourrait bien la conduire à découvrir la vérité.

Du coin de l'œil, Olivia vit Garrick, qui traînait encore dans les parages. Il était clair qu'il essayait d'écouter ce qui se disait, tout comme elle, et il n'avait pas l'air très content de la description que Charlotte avait faite de lui et de son groupe. Olivia le vit faire un signe à Kyle Glass et, quelques instants plus tard, les deux garçons sortirent discrètement.

Toby traînait encore dans les environs en attendant que Serena ait terminé de parler à Charlotte, et Olivia se souvint soudainement de la promesse qu'elle avait faite à Ivy.

« Voilà ma chance », songea-t-elle.

Elle fit un saut papillon exagérément grand afin que son bras frappe accidentellement l'épaule de Toby.

— Oups, désolé, dit Toby en faisant un pas vers l'arrière avec un air contrit.

Olivia haleta.

— Oh mon Dieu! Je suis désolée, Toby, dit-elle. Est-ce que ça va?

Il repoussa une mèche de cheveux blonds sur son front.

— Oui, dit-il en rougissant légèrement. Pas de problème.

— Alors, continua Olivia, qu'est-ce que tu fais de bon de ces temps-ci, Toby?

— Je suis l'assistant spécial de Serena Star, de la chaîne WowTélé, à l'occasion de son reportage sur Franklin Grove, lui dit-il.

— Wow! Vraiment? dit Olivia en écarquillant les yeux.

— Oui, dit Toby en hochant fièrement la tête.

— Avez-vous trouvé des pistes intéressantes? demanda Olivia.

Toby regarda tout autour de lui pour s'assurer que personne ne les écoutait.

— Garrick Stephens s'est informé sur des crocs de vampire au cabinet de mon dentiste, et Serena croit que ça pourrait bien être notre chance! Elle est absolument déterminée à découvrir tout ce qu'elle peut sur l'obsession que les gens semblent entretenir par rapport aux vampires à Franklin Grove.

— Tu veux rire! s'exclama Olivia en souriant. Des vampires?

«Si seulement je pouvais convaincre Toby que cet angle sur les vampires ne mène à rien, se dit Olivia, il pourrait ensuite convaincre Serena.»

Toby hocha la tête d'un air inconfortable.

— Mais voyons, Toby, dit Olivia en levant les yeux au ciel. Serena Star ferait aussi bien de chercher des loups-garous… je veux dire, des sorcières, ajouta-t-elle rapidement en se souvenant de l'ambiguïté qu'Ivy et Sophia avaient soulevée quant aux loups-garous. Mais tu ne penses pas qu'il pourrait y avoir une once de vérité là-dedans, n'est-ce pas?

— Honnêtement, chuchota Toby en lançant un regard derrière lui en direction de Serena, je connais Garrick et ces gars depuis toujours, et ils sont plutôt étranges. Mais beaucoup de jeunes ont des problèmes. Mon père dit qu'ils ne font que chercher de l'attention, ajouta-t-il en haussant les épaules. Mais il faut quand même que je fasse ce que Serena dit; ce poste est un tremplin pour moi. D'ici quelques années, je pourrais être le plus jeune chef d'antenne de l'histoire de la télévision.

Olivia croyait bien qu'il pourrait y arriver; il était sérieusement motivé. Soudainement, elle crut entendre Charlotte prononcer le nom d'Ivy et, d'après l'expression sur le visage de Toby, elle savait qu'il l'avait aussi entendu. Ils se regardèrent et s'approchèrent de Serena.

— Elle est la plus ténébreuse de toutes les Gothiques. Elle ne porte que du noir, et ce, depuis bien avant la maternelle. Je l'ai même vue porter des *chaussettes* noires. N'est-ce pas *horrible* ? J'habite la maison à côté de la sienne et, parfois, j'arrive même à la voir, cachée derrière d'épais rideaux sombres. Ce n'est pas comme si je l'espionnais, dit Charlotte en laissant échapper un rire gêné. De toute façon, si jamais quelque chose de bizarre se passe à Franklin Grove, je suis prête à parier mes pompons qu'elle en sera responsable. Même Garrick et les Bêtes l'écoutent!

— Et tu dis que cette fille s'appelle Ivy Vega ? confirma Serena.

Olivia se mordilla la lèvre.

Charlotte frissonna.

— Le simple fait d'entendre son nom me donne la chair de poule. Vous devriez lire la propagande morbide qu'elle rédige pour le journal de l'école.

Serena leva un ongle rose en l'air.

— Tu veux dire que c'est la même Ivy qui travaille pour le journal de l'école?

Charlotte hocha la tête, même si son visage exprimait la désapprobation.

— Je me demande bien ce qui se passe avec le journalisme dans nos écoles, aujourd'hui!

Serena Star plissa les yeux.

— Je me disais bien qu'elle avait quelque chose d'étrange.

Elle se retourna abruptement vers Toby.

— Toby, je veux que tu suives Ivy Vega pas à pas et que tu me rapportes ses moindres faits et gestes. Je veux connaître tous les endroits où elle ira, toutes les personnes auxquelles elle parlera et tout ce qu'elle fera.

Olivia observait la scène avec angoisse alors que Toby répondit :

— Tout de suite, Mademoiselle Star.

Il se retourna et sourit à Olivia.

— J'ai bien hâte de te reparler quand je ne travaillerai pas, Olivia.

— Moi aussi, Toby, dit Olivia d'une voix tremblotante alors qu'il se dépêchait à quitter le gymnase.

«Je dois avertir Ivy qu'elle se fait surveiller!» songea Olivia, totalement paniquée.

Soudainement, mademoiselle Barnett, la professeure d'éducation physique, fit son apparition :

— Qu'est-ce qui se passe ici ? Mademoiselle Star, ceci est la pratique de claques, pas le club de journalisme. Vous pourrez parler aux membres de mon équipe une autre fois. Pour le moment, nous avons des routines sérieuses à répéter !

⋆ 🦇 ⋆

Il était presque 16 h 30. Ivy était restée après l'école pour faire ses devoirs dans la bibliothèque, mais elle était incapable de se concentrer : elle ne pouvait s'empêcher de s'inquiéter à propos de Serena Star.

Elle était maintenant devant son casier, ramassant ses choses avant d'aller à la rencontre de Sophia au Bœuf et bonjour. En refermant la porte de son casier, elle crut voir quelqu'un se précipiter à travers une porte tout près. Elle observa aux alentours pendant un long moment, mais ne vit personne. En fait, le corridor était pratiquement désert.

« Cette Serena Star m'a rendue sérieusement parano », décida-t-elle en secouant la tête.

À la bibliothèque, un peu plus tôt, elle s'était même convaincue que quelqu'un l'épiait par la fenêtre.

Ivy se retourna et se mit à parcourir le corridor. Peu importe la fréquence à laquelle elle se répétait que tout allait bien, elle ne pouvait se défaire de cette étrange sensation d'être suivie. Les corridors se remplirent lentement ; plusieurs étudiants sortaient de réunions et de pratiques sportives.

Rendue à l'extrémité du corridor principal, Ivy serra la mâchoire et se retourna brusquement. À environ cinq mètres derrière elle, elle vit une personne vêtue d'une chemise bleue qui se cachait derrière une grande fille portant un chandail de basketball. La fille en question fut visiblement étonnée, car elle se déplaça rapidement de côté, révélant ainsi… Toby Decker !

— Est-ce que je peux t'aider ? interpella la grande fille en regardant Toby de haut, les mains sur les hanches.

Toby capta nerveusement le regard d'Ivy et se précipita vers un abreuvoir avoisinant afin d'y cacher son visage.

Olivia apparut soudainement aux côtés d'Ivy.

— Je t'ai cherchée partout, dit-elle.

— On dirait que tu n'es pas la seule, répliqua Ivy. Je crois que Toby Decker me suit.

Elle indiqua l'abreuvoir à partir duquel Toby les observait tandis que sa bouche se remplissait d'eau.

— C'est justement ce que je voulais te dire, murmura Olivia à voix basse. Charlotte a dit à Serena Star que tu étais la reine des Gothiques, et Serena a ordonné à Toby de te suivre pas à pas.

— Quoi ?! s'exclama Ivy.

— Chut ! dit Olivia en lui faisant signe de se mettre en marche.

Elle parla du bout des lèvres.

— Agis de façon naturelle. Serena croit aussi que les gens d'ici sont obsédés par les vampires.

Le cœur d'Ivy fit un bond et elle ne put s'empêcher de lancer un regard par-dessus son épaule, juste à temps pour voir Toby installer un énorme téléobjectif sur son appareil photo. Elle se retourna à toute vitesse.

— Il essaie de nous prendre en photo ! haleta-t-elle.

— On ne doit pas nous voir ensemble, dit Olivia.

Ivy consentit avec un tout petit hochement de tête et chuchota :

— Rencontre-moi au Bœuf et bonjour dans 30 minutes.

Elles se séparèrent ensuite dans le corridor en empruntant des directions différentes.

Une demi-heure plus tard, Ivy entra dans le Bœuf et bonjour et vit sa sœur assise seule dans la banquette voisine de celle où elles s'asseyaient habituellement. Elle lança un regard par-dessus son épaule et vit que Toby se tenait à l'extrémité du stationnement.

Ivy et Olivia s'échangèrent un regard entendu, et Ivy se dirigea vers sa banquette habituelle. Elle s'assit de façon à se retrouver dos à dos avec sa sœur, la banquette étant le seul élément les séparant. Ivy récupéra un menu et fit mine de l'étudier.

— Toby ne peut pas me suivre tout le temps, dit-elle. Et s'il me suivait au supermarché du sang par exemple ?

Ivy entendit Olivia commander une part de gâteau au chocolat d'une voix très forte depuis la banquette derrière elle. Puis, elle l'entendit chuchoter :

— Peut-être que ce n'est pas si mal, après tout.

— C'est ce qu'ils disaient à propos des pendaisons publiques dans le temps, murmura Ivy, et ils avaient tort sur ce point-là aussi.

— Penses-y, chuchota Olivia par-dessus son épaule. Si Toby passe son temps à te suivre, tu pourras décider de ce qu'il verra. Il ne trouvera rien d'intéressant si tu l'en empêches.

Ivy réfléchit et fut d'accord pour dire que sa sœur avait diablement raison.

Sur ces entrefaites, Sophia arriva et les regarda d'un air perplexe.

— Pourquoi êtes-vous assises dans des banquettes séparées?

— Serena Star a désigné Toby Decker pour m'espionner. Il ne faut pas qu'on voie Olivia traîner avec moi; elle est une agente double.

— C'est de la folie, dit Sophia en se glissant dans le siège en face d'Ivy. Je viens de croiser Toby en entrant.

Puis, elle chuchota :

— Salut, Olivia.

— Salut, So, chuchota Olivia.

— Penses-tu que mon téléphone cellulaire est sous écoute? demanda Ivy.

Sophia leva les yeux au ciel.

— Tu te fais suivre par Toby Decker, Ivy. Pas par le FBI.

Ivy se pencha vers l'avant.

— Olivia a appris de Toby que Serena se concentrait vraiment sur la question des vampires maintenant.

— Oh non, gémit Sophia en enfouissant son visage dans ses mains.

— Vraiment moche, hein ? dit doucement Olivia.

Ivy laissa échapper un soupir.

— Pouvons-nous changer de sujet et parler de quelque chose qui ne me donne pas envie de mordre mon propre cou ?

Elles restèrent silencieuses pendant un long moment. Puis, Olivia dit :

— Est-ce qu'Ivy t'a parlé de mon projet de film, Sophia ?

Sophia hocha la tête.

— Elle m'a dit que tu avais hérité d'un tas de choses mortelles de la part d'une grand-tante décédée.

— Qui a marié un duc, ajouta Olivia. C'est vraiment très romantique.

— J'aimerais bien pouvoir aller chez toi pour voir tout ça, dit Ivy en fixant sa fourchette. Ce collier a l'air incroyablement beau.

Elle entendit Olivia se déplacer sur la banquette et dire :

— Je ne crois pas que mes parents devraient nous voir ensemble. Si jamais ils remarquaient à quel point on se ressemble…

— Vous ne l'avez *pas encore* dit à vos parents ? demanda Sophia.

Ivy haussa les épaules pour toute réponse. Jusqu'à maintenant, Sophia était la seule personne au monde à savoir qu'Ivy et Olivia étaient des sœurs jumelles.

Soudainement, Olivia se leva, se dirigea vers la fenêtre du restaurant et regarda dehors. Puis, elle revint et se glissa dans le siège à côté de Sophia.

— Il est parti, dit-elle. Sa mère vient juste de venir le chercher.

— C'est la première bonne nouvelle que j'ai entendue aujourd'hui, dit Ivy avec soulagement alors que la serveuse arrivait avec le gâteau d'Olivia.

Ivy et Sophia commandèrent toutes deux des burgers.

Olivia avait l'air songeur.

— Je me demande comment ça se fait que l'une de nous soit une vampire et que l'autre soit une humaine, dit-elle lorsque la serveuse se fut éloignée. Est-il possible pour quelqu'un de naître humain, puis de se faire mordre et d'être transformé en vampire?

— Ça peut arriver, avoua Ivy. Mais pour qu'un humain se fasse transformer en vampire, il doit d'abord se faire mordre par un vampire — et ça n'est pas arrivé depuis des générations. Et même encore, il faudrait que la personne survive à la morsure du vampire.

— Et ça n'arrive presque *jamais*, ajouta Sophia. Les chances sont d'environ une sur mille.

— De toute façon, dit Ivy, je sais que je suis née vampire.

— Comment? insista Olivia.

— À cause de ses yeux, répondit Sophia sur un ton neutre. Ceux qui sont nés vampires ont des yeux d'une couleur inhabituelle, mais pas ceux qui ont été transformés.

Les yeux d'Olivia s'illuminèrent soudainement, comme si elle venait d'avoir une brillante idée. Elle leva sa cuillère.

— Qu'est-ce que vous dites de ça : peut-être que *je* suis aussi née vampire, mais que j'ai été guérie!

— Guérie? répéta Ivy.

Sophia et elle s'échangèrent un sourire.

— Être vampire n'est pas une maladie, Olivia, expliqua Ivy. Ce n'est pas comme à la télévision; ce n'est pas une malédiction.

— C'est ce que nous sommes, renchérit Sophia. C'est physique. Ça ne peut pas être défait.

Olivia fronça les sourcils.

— Alors, ça veut dire que l'un de nos parents était un vampire et que l'autre était un humain, réfléchit-elle. Savez-vous s'il y a déjà eu d'autres cas de frères ou de sœurs comme nous?

Ivy et Sophia se regardèrent brièvement.

— Mmh, commença Ivy, ne voulant pas bouleverser sa sœur. En fait, il y a beaucoup de légendes à ce propos.

— À propos de nous? demanda Olivia.

— À propos des humains et des vampires, et, tu sais, de leur croisement, expliqua Sophia.

— La plupart des gens pensent que ça ne peut pas arriver, ou que… commença Ivy, hésitant et regardant Sophia en cherchant de l'aide.

— Ou que le bébé d'un humain et d'un vampire ne pourrait survivre, ou qu'il aurait quatre têtes, ou d'autres trucs étranges comme ça, ajouta Sophia obligeamment.

— Mais presque plus personne ne croit en ces histoires de monstres de nos jours, ajouta rapidement Ivy en voyant l'inquiétude sur le visage d'Olivia.

— Mais les légendes resurgissent de temps en temps, fit remarquer Sophia.

— Je sais, consentit Ivy. Mais c'est comme les vampires qui disent à leurs enfants que les bébés sont livrés par les chauves-souris. *Ça non plus* ce n'est pas vrai.

— De toute manière, dit Sophia, il est interdit pour un vampire et un humain d'être ensemble de cette façon.

— Que veux-tu dire? demanda Olivia.

— La deuxième Loi de la nuit, répondit Sophia. Un vampire ne doit jamais tomber amoureux d'un humain.

— Peut-être que nos parents ont transgressé cette règle et que c'est pour cette raison qu'ils nous ont confiées au service d'adoption, suggéra Ivy.

Sophia considéra cette hypothèse et hocha la tête.

— Si le cercueil te va..., consentit-elle.

— N'y a-t-il pas de façon d'en être certain? demanda Olivia.

Ivy réfléchit un moment.

— As-tu déjà essayé de parler avec ton agence d'adoption?

— Mes parents ont essayé d'avoir plus de renseignements il y a quelques années, lui dit Olivia, mais la seule chose qui se trouvait dans mon dossier était une copie de la note dont je t'ai parlé ce matin. Sais-tu quoi que ce soit sur *ton* adoption?

Ivy secoua la tête.

— Je sais que j'ai été confiée à une agence d'adoption spéciale pour vampires et qu'ils m'ont placée avec Charles Vega, célibataire. Je connais mon nom, l'endroit et la date à laquelle je suis née, et je sais que mes parents voulaient que j'aie la bague. Fin de l'histoire. À chaque fois que j'en parle à mon père, il me dit que je dois «regarder vers l'avenir, pas vers le passé», dit-elle en imitant la voix de son père.

Olivia et Sophia ricanèrent.

— Avant, je pensais qu'il avait raison, dit Ivy en haussant les épaules. Mais maintenant, je sens que je *dois* connaître mon passé.

Elle poussa un long soupir, puis, tout d'un coup, elle prit une décision.

— Je vais aller parler à quelqu'un de l'agence d'adoption pour vampires.

Olivia se pencha vers l'avant.

— Tu peux faire ça ?

— Je peux essayer, dit Ivy. Si nous avons été capables de nous retrouver, peut-être que nous pourrons aussi retrouver nos parents biologiques !

CHAPITRE 6

Un peu avant 7 h, mercredi matin, Ivy était déjà prête pour aller à l'école. Elle portait une jupe noire en dents de scie, un haut rouge foncé et un gilet noir en crochet. Elle saisit à la hâte un bol dans le placard, y versa des céréales Plaquettes de guimauves, et sortit le lait du frigo. Elle déposa le tout sur la table à déjeuner et alluma la télévision, juste à temps pour voir le début du générique de l'émission *La Star du matin*, qui consistait en un gros plan du visage souriant de Serena Star, superposé à celui de la statue de la Liberté.

— Aujourd'hui, annonça la voix du présentateur, Serena Star creuse davantage afin de découvrir ce qui cloche à Franklin Grove !

«Que va-t-elle déterrer aujourd'hui?» songea Ivy nerveusement.

Sa curiosité fut toutefois rapidement contrecarrée par une pause publicitaire. À la fin de la troisième publicité, qui mettait en vedette une bouteille de détergent dansante particulièrement énervante, elle mourait littéralement d'impatience.

Enfin, *La Star du matin* revint à l'écran et Ivy augmenta le volume. Serena apparut, étendue dans une chaise de dentiste, vêtue d'un complet moulant en suède couleur caramel. Une assistante dentaire, vêtue d'une blouse médicale rose, se tenait derrière elle et souriait timidement. Serena se redressa.

— Bonjour, chers téléspectateurs. Je suis Serena Star et je vous souhaite la bienvenue à la suite de mon enquête journalistique sur Franklin Grove, cette petite ville où, dimanche dernier, un garçon de 13 ans nommé Garrick Stephens est sorti d'un cercueil au cours d'une cérémonie funéraire. Depuis, un portrait alarmant de la communauté a été dressé — et il est des plus obscurs.

Serena haussa les sourcils.

— Il n'y a qu'un mot pour décrire l'histoire que je vais vous raconter aujourd'hui : in-croc-yable !

Le mot apparut à côté de sa tête, en lettres gigantesques, et Ivy leva les yeux au ciel.

— Voici Monica Messler, une hygiéniste dentaire de Franklin Grove. Alors, mademoiselle Messler, pouvez-vous raconter à nos téléspectateurs ce que vous venez de me dire à propos de Garrick Stephens ?

Monica Messler se racla la gorge nerveusement.

— Il est venu ici la semaine passée, dit-elle, pour obtenir des renseignements relativement à la pose de faux crocs de vampire.

— Comme c'est choquant ! s'écria Serena Star, les yeux écarquillés. A-t-il dit pourquoi il voulait ces crocs de vampire ?

Monica Messler secoua la tête.

— J'imagine qu'il a vu trop de films d'horreur.

— Ou peut-être est-il obsédé par les vampires, dit Serena en lançant un regard qui en disait long vers la caméra. Et il semblerait qu'il ne soit pas le seul à Franklin Grove.

Puis, elle se retourna vers son invitée.

— Mademoiselle Messler, est-ce que d'autres jeunes étranges, ceux qu'on appelle les Gothiques, sont venus vous faire des demandes inhabituelles?

— Je ne crois pas, répliqua Monica Messler.

— En êtes-vous bien certaine? insista Serena Star. Pas même une jeune fille nommée Ivy Vega?

En entendant son nom, Ivy laissa tomber sa cuillère. Serena Star était en train d'enquêter sur elle à la télévision nationale!

— Eh bien, dit Serena d'un air entendu après que Monica ait secoué la tête, je suis certaine que ce n'est qu'une question de temps.

Serena se leva de la chaise et fit un pas vers la caméra.

— Téléspectateurs, moi, Serena Star, ai découvert une société secrète de familles mystérieuses dans cette petite ville endormie. Leurs membres portent des vêtements noirs et du maquillage épais. Ils se tiennent ensemble et se mêlent rarement aux personnes normales. Pourquoi? Parce qu'ils cachent un secret incroyablement menaçant, et, croyez-moi, les faux crocs de vampire ne sont que la partie visible de l'iceberg! Mais n'ayez crainte, je n'aurai de repos que lorsque j'aurai découvert ce que ce culte vampirique renferme.

Elle se pencha vers l'avant.

— Parce que la Star de la vérité doit br…

Ivy éteignit la télévision et se dirigea vers la cuisine d'un pas furieux. Elle était en train de ranger son bol lorsque son père entra avec son journal.

— Bon matin, dit-il.

— C'est ça, répliqua sèchement Ivy.

Son père déposa le journal sur le comptoir.

— On dirait que tu es contrariée, dit-il.

— Serena Star a dit mon nom à la télévision! s'exclama Ivy.

Son père haussa un sourcil.

— Mais pourquoi aurait-elle fait ça?

— Parce que, s'écria Ivy, je suis une Gothique membre d'un culte vampirique qui cache un horrible secret!

— Ah, dit son père. C'est tout?

— Papa! cria Ivy. Serena Star ne lâchera pas cette histoire jusqu'à ce que chacun d'entre nous soit transpercé par un pieu et mis en boîte!

— Ivy, tu t'inquiètes beaucoup trop, soupira son père. La communauté sait que Serena Star fouille, et je te promets qu'elle ne trouvera rien.

— N'es-tu pas fâché, même un tout petit peu, qu'elle enquête sur ta propre fille ? dit Ivy.

— Eh bien, commença-t-il tandis qu'un sourire s'esquissait sur son visage, j'avoue que j'aurais préféré que la journaliste en question ait plus d'envergure que Serena Star.

Ivy lui lança un linge à vaisselle à la tête, mais il l'attrapa.

— Franchement, Ivy, dit-il avec un petit rire. Les vampires se cachent du monde depuis bien avant ta naissance. Les chasseurs de cercueils comme Serena Star vont et viennent.

La mention de sa naissance rappela à Ivy la conversation qu'elle avait eue avec Olivia.

— Peut-être que c'est pour ça que mes parents m'ont abandonnée, dit-elle avec irritation.

— Quoi ? répondit son père, soudainement sérieux.

Ivy regarda son père attentivement.

— Peut-être que mes vrais parents m'ont abandonnée parce que quelqu'un les espionnait et tentait de révéler leur véritable identité, dit-elle lentement.

— C'est ridicule, dit-il brusquement.

— Comment le sais-tu? demanda Ivy. Ont-ils laissé une note à l'agence d'adoption des vampires ou quelque chose du genre?

Son père leva les bras au ciel.

— Non, bien sûr que non.

Il commença à fouiller dans le réfrigérateur.

— Et tu n'as jamais découvert *quoi que ce soit* à propos d'eux? insista Ivy.

Son père referma la porte du réfrigérateur sans en sortir quoi que ce soit et se retourna vers Ivy.

— Je n'ai reçu que ton nom, ton lieu et ta date de naissance, ainsi que ta bague.

Il sourit et fit un câlin à Ivy.

— Mais, peu importe, tu es la seule chose qui compte. Tes véritables parents n'ont pas d'importance; tu dois regarder vers l'avenir, ma chère Ivy…

— Et pas vers le passé, termina Ivy en levant les yeux au ciel. Tu dis toujours ça!

— Je le dis, dit-il doucement, parce que c'est vrai.

Sur ce, il ramassa son journal et quitta la pièce.

« Mais ce n'est plus vrai pour moi maintenant, se dit Ivy en s'appuyant contre le comptoir. Je dois en savoir plus, et pas seulement pour mon bien, mais aussi pour celui de ma sœur. »

Elle n'avait plus d'autre choix que d'enquêter elle-même désormais.

Au début de la période du déjeuner, Olivia entra dans la salle de montage de l'école et s'affala sur un siège pivotant devant une console garnie d'une foule de boutons. Camilla et elle avaient réservé la salle afin d'enregistrer la trame sonore de leur documentaire. En attendant l'arrivée de son amie, Olivia sortit le script qu'elles avaient rédigé et commença à pratiquer son texte; elle allait faire la voix de grand-tante Edna quand elle était jeune.

— Mon cher Duc, chuchota-t-elle.

Soudain, le haut-parleur de la salle prit vie.

— OLIVIA ABBOTT, cria une voix informatisée. JE T'ORDONNE DE ME

RÉVÉLER LE SECRET INAVOUABLE DE FRANKLIN GROVE...

Surprise, Olivia se leva d'un bond.

— SINON!... termina la voix.

Olivia scruta les alentours, l'air perplexe, légèrement effrayée.

«Qu'est-ce qui se passe? Est-ce que c'est une tactique d'interrogatoire bizarre de Serena Star?» se demanda-t-elle.

Soudainement, une petite porte à l'extrémité de la salle s'ouvrit, et la tête blonde et frisée de Camilla apparut dans l'embrasure.

— Cet endroit est génial, non? dit-elle en souriant.

Olivia pouvait voir une minuscule salle grise derrière elle, dotée de murs rembourrés et d'un microphone pendant du plafond; c'était sa voix qu'Olivia avait entendue.

Olivia s'avachit sur sa chaise.

— Tu m'as foutu une de ces trouilles! gémit-elle.

— Désolée, dit Camilla d'un air taquin. Alors, poursuivit-elle en saisissant le script des mains d'Olivia, as-tu trouvé quelqu'un pour jouer le rôle du Duc?

— J'ai demandé à Brendan Daniels, le petit ami d'Ivy, répondit Olivia.

Camilla semblait satisfaite.

— Il sera parfait.

— Malheureusement, continua Olivia, il a dû refuser ; il est à sa répétition de fanfare en ce moment.

— Ah, dit Camilla d'un ton déçu.

— Peut-être que nous pouvons trouver quelqu'un d'autre, dit Olivia en se levant.

Elle sortit sa tête dans le corridor, qui était pratiquement vide. Elle aperçut néanmoins sa sœur, qui se traînait les pieds d'un air contrarié. Olivia capta son attention et lui fit signe d'approcher.

— Hé ! dit Olivia. Qu'est-ce qui ne va pas ?

— Ce qui ne va pas, grogna Ivy à voix basse, c'est que j'en ai marre de me faire suivre par ce similidétective de Toby Decker. Depuis ce matin, tout ce dont j'ai envie, c'est de contacter l'agence d'adoption de vampires, mais je ne peux pas le faire pendant s'il me surveille constamment.

Olivia parcourut le corridor des yeux, par-dessus l'épaule de sa sœur, et aperçut Toby leur jeter des coups d'œil furtifs, caché derrière une porte de casier ouverte. Il portait une cravate rayée aujourd'hui. À cette distance, il ressemblait presque davantage à un aristocrate à l'ancienne plutôt qu'à un étudiant de huitième année un peu maladroit.

— J'ai une idée, chantonna Olivia en se redressant et en passant doucement à côté de sa sœur.

Toby remarqua qu'Olivia s'approchait et il sortit immédiatement de sa cachette. Il lissa ses cheveux à l'aide de sa paume.

— Salut, Toby! dit Olivia. Qu'est-ce que tu fais de bon?

Toby rougit.

— Mmmh, tu sais, rien de spécial.

Olivia écarquilla les yeux et lui fit son plus beau sourire.

— C'est tellement ce que j'espérais que tu dises; suis-moi!

Elle passa son bras sous le sien et le conduisit vers la salle de montage.

— Mais…, bégaya Toby en scrutant les corridors à la recherche d'Ivy.

— Il n'y a pas de mais! dit Olivia. Tu es exactement l'homme qu'il me faut!

— Moi? croassa Toby.

— Oui, dit Olivia en hochant la tête et en serrant son bras. Camilla et moi faisons un film pour notre cours d'études médiatiques, et nous avons cherché *partout* pour trouver le bon gars pour interpréter un duc fringant!

En poussant Toby à travers la porte de la salle de montage, Olivia lança un regard par-dessus son épaule et fit un clin d'œil à Ivy, cachée dans l'embrasure d'une porte, de l'autre côté du corridor.

— Il a été vraiment parfait, raconta Olivia à sa sœur un peu plus tard. Il a une très belle voix, et il a même pris un accent italien. «Edna, bella, imita Olivia en posant théâtralement la main sur son cœur, je ne peux vivre sans toi.»

Ivy rit si fort que de grosses larmes de mascara noir coulèrent le long de ses joues.

— Olivia, haleta-t-elle en s'essuyant les yeux avec la manche de son chandail, tu es sérieusement mortelle!

Olivia savait que c'était le plus beau compliment qu'un vampire puisse faire à un humain.

— C'est vrai, hein! répondit-elle en souriant.

— Je me suis sentie comme si je venais d'être libérée de prison, dit joyeusement Ivy alors que la cloche annonçant le début du cours de sciences sonnait. J'ai eu toute la

période du déjeuner pour moi toute seule !
Sauf qu'il m'a retrouvée après le cours
d'anglais.

— As-tu pris rendez-vous avec l'agence
d'adoption ? dit Olivia, pleine d'espoir.

Ivy hocha la tête.

— J'y vais après l'école.

Olivia eut des papillons dans l'estomac.

« J'apprendrai peut-être quelque chose
sur mes parents aujourd'hui », songea-t-elle.

Tandis que monsieur Strain commençait à écrire les instructions pour l'expérience de chimie au tableau, Ivy dit :

— Il y a juste un hic.

Olivia la regarda, intriguée.

— J'ai besoin que tu m'aides à semer
Toby encore une fois.

Olivia comprit tout de suite ce que sa
sœur avait en tête. Cela faisait une éternité
qu'Ivy et elle n'avaient pas changé de vêtements et de place. Un sourire illumina son
visage.

— Faisons un échange ! chuchotèrent-
elles à l'unisson avant d'éclater de rire.

— Mesdemoiselles, interrompit sévère-
ment monsieur Strain depuis l'autre côté
de la classe. Y a-t-il quelque chose de drôle
dans l'oxygénation ?

— Je suis désolée, dit Ivy en avalant et en s'efforçant de ne pas rire, ce sont mes médicaments.

Olivia agrippa sa chaise pour éviter de tomber.

La moitié du cours s'écoula avant qu'elles ne puissent se dire un mot sans éclater de rire. Enfin, alors qu'elles finissaient leur expérience, Ivy chuchota :

— Où devrions-nous le faire ?

— Que penses-tu du centre commercial ? suggéra Olivia.

— Génial, dit Ivy. Je m'y rendrai directement après l'école, Toby à mes trousses. Je prendrai le chemin le plus long.

— Et je prendrai le raccourci, dit Olivia, encore estomaquée de la façon dont Ivy et elle semblaient pouvoir lire dans les pensées l'une de l'autre, et je t'attendrai dans les toilettes des filles de la foire alimentaire. Lorsque nous aurons échangé nos vêtements, je pourrai mener Toby en bateau partout dans le centre commercial pendant que tu iras à ton rendez-vous.

— Exactement, dit Ivy.

Puis, elle ajouta, d'une voix forte :

— Ça prend 570 ml.

— Hein ? dit Olivia, perplexe.

Elle remarqua alors que monsieur Strain se tenait debout devant elles.

— Exact, dit-elle en écrivant le chiffre dans leur journal de bord. Il faut 570 ml.

Le professeur se déplaça vers le prochain pupitre, et Olivia sentit Ivy glisser quelque chose de froid et de métallique dans sa main. C'était un jeu de clés.

— Je te rencontrerai chez moi après quelques heures, chuchota Ivy. Tu n'auras qu'à entrer, dire bonjour à mon père et t'en aller directement dans ma chambre. N'en sors pas avant mon arrivée. Toby finira par abandonner, et il partira.

Olivia hocha la tête. Elle allait devoir appeler sa mère et lui dire qu'elle allait étudier chez quelqu'un. Elle révisa le reste du plan dans sa tête, puis elle recommença à sourire.

— Qu'est-ce qu'il y a ? demanda Ivy.

— Si nous échangeons de vêtements, il va falloir que tu portes *ça* à l'agence d'adoption, dit-elle en montrant son haut rose brillant.

Une expression de totale horreur se dessina sur le visage d'Ivy. C'était trop pour Olivia ; elle éclata encore de rire, ce qui entraîna Ivy à faire de même.

— Mesdemoiselles ! s'exclama monsieur Strain.

CHAPITRE 7

Ivy sentait des chauves-souris grouiller dans son estomac tandis qu'elle allait et venait dans la foire alimentaire. Et ce n'était pas uniquement en raison de la nervosité causée par sa visite prochaine à l'agence d'adoption, mais aussi et surtout à l'excitation liée à l'échange qu'elle s'apprêtait à faire avec sa sœur. Échanger de place avec elle, c'était presque comme devenir invisible, particulièrement cette semaine ; elle s'était sentie comme un microbe coincé sous un microscope. Elle avait vraiment hâte de changer de peau.

Elle confirma, en jetant un coup d'œil aux alentours, que Toby se trouvait toujours derrière elle, puis entra dans les toilettes des dames.

« Au moins, il ne peut pas me suivre jusqu'ici, se dit-elle. En fait, il pourrait, mais il se ferait arrêter. »

Il n'y avait personne dans les toilettes, hormis une vieille femme qui s'efforçait à appliquer son rouge à lèvres rose pâle d'une main tremblante.

« Où est Olivia ? » se demanda Ivy.

La femme remarqua alors la présence d'Ivy et se retourna avec précaution en serrant son sac contre sa poitrine.

— Vous êtes l'une de ces enfants de la mort dont j'ai entendu parler à *La Star du matin* ! s'écria-t-elle.

Ivy posa les mains sur ses hanches.

— Et alors ?

La vieille femme agita un doigt osseux.

— La Star de la vérité brillera !

La porte de l'un des cabinets s'ouvrit et Olivia en sortit. Elle s'avança jusqu'à la vieille femme.

— Dans ce cas, vous devriez vous inquiéter pour tous ces sachets de ketchup que vous avez volés à la foire alimentaire et qui se trouvent maintenant dans votre sac à main, dit-elle en se croisant les bras en signe de désapprobation.

La femme quitta rapidement les toilettes sans dire un mot de plus.

— Passez une excellente journée ! lui lança Ivy avec un enthousiasme peu gothique.

Cinq minutes plus tard, elles avaient échangé leurs vêtements et Ivy s'appliquait à terminer le maquillage de sa sœur ; le blanchisseur à vaporiser faisait vraiment toute la différence du monde.

— Bon, dit Ivy en reculant d'un pas pour admirer son travail. Tu es maintenant officiellement sur la liste des criminels les plus recherchés.

Olivia rit.

— Et tu devrais vraiment songer à porter des paillettes roses plus souvent, riposta-t-elle.

Elles se firent un énorme câlin.

— J'espère que tu trouveras ce que nous cherchons, dit Olivia.

— Moi aussi, chuchota Ivy.

Puis, avec un clin d'œil taquin, Olivia sortit des toilettes d'un pas lourd, faisant traîner les grosses bottes noires d'Ivy sur le sol.

Ivy ramassa ses cheveux en une queue de cheval et appliqua le rouge à lèvres rose scintillant d'Olivia.

« Avoir une jumelle, c'est plutôt génial, même si, se dit-elle en regardant son reflet dans le miroir, je m'étais toujours juré que je ne porterais jamais de paillettes ! »

Olivia éplucha un présentoir de jupes ternes en solde à l'arrière du magasin Vêtements Minuit. Elle n'aurait jamais cru que cela puisse lui arriver un jour, mais elle en avait sérieusement marre de faire les magasins. Elle avait déjà fait le tour du centre commercial trois fois, Toby toujours à ses trousses. Ses pieds, chaussés des lourdes bottes noires de sa sœur, lui faisaient presque aussi mal que la fois où elle avait gagné le concours d'endurance de claques en sixième année.

Olivia pouvait voir Toby, caché derrière une pile de jeans noir délavé. Elle jeta un coup d'œil plein de convoitise vers les salles d'essayage tout en se demandant si elle pourrait se cacher là un moment.

« Toby s'installerait probablement dans la salle d'essayage voisine », se dit-elle.

Elle espérait qu'Ivy avait du succès à l'agence d'adoption, car toute cette histoire commençait à l'embêter sérieusement. C'était presque aussi moche que de ne pas arriver à exécuter une rondade correctement.

Soudain, Olivia eut une idée pour rendre les choses plus intéressantes.

« Le temps est venu de découvrir jusqu'où Toby est prêt à aller », se dit-elle malicieusement.

Elle se retourna brusquement et sortit du magasin. Après un moment, elle entendit quelque chose heurter le sol avec fracas et, lorsqu'elle lança un regard par-dessus son épaule, elle vit que Toby avait fait basculer tout un présentoir de lunettes de soleil.

— Désolé ! lança-t-il à un commis en se lançant à la poursuite d'Olivia.

Olivia marcha d'un pas rapide le long de l'allée centrale du centre commercial. La pancarte, rédigée à la main, qui se trouvait dans la vitrine du Palais de la beauté de Trudy ne pouvait pas mieux tomber. On pouvait y lire *Besoin d'une épilation ?*

« Je parie qu'il n'osera pas me suivre jusqu'ici ! » se dit Olivia en se dirigeant vers la section des soins personnels située à l'arrière du magasin.

Elle observa ensuite la scène, cachée derrière une pyramide de crèmes raffermissantes.

Toby était immobile, complètement déconcerté par l'inscription sur la pancarte. Il sautillait nerveusement d'un pied à l'autre.

« On dirait qu'il a besoin d'aller aux toilettes ! » se dit Olivia avec jubilation.

Toby s'étira le cou pour regarder dans le magasin, mais Olivia se cacha. Finalement, elle le vit prendre une grande respiration et entrer, l'air affligé.

« Wow ! pensa Olivia. Il est vraiment déterminé à trouver une primeur. »

Une vendeuse vêtue d'un sarrau blanc l'approcha immédiatement. Olivia l'entendit demander :

— Est-ce que je peux t'aider ?

Toby avait l'air d'un chevreuil surpris par les phares d'une voiture.

— Est-ce que ta mère t'a envoyé chercher quelque chose ? insista la vendeuse.

— Non, réussit-il enfin à dire. Je ne fais que regarder.

« Oui, mais jusqu'où iras-tu regarder, monsieur le journaliste dédié ? » se demanda Olivia en se précipitant hors du magasin.

Au cours de la demi-heure qui suivit, Olivia entra dans une boutique nuptiale, dans un salon de manucure et dans un magasin de maillots de bain. Toby la suivit courageusement dans chacune des boutiques, et ce, même s'il était évident qu'il était très mal à l'aise. Elle était presque prête à s'avouer vaincue lorsqu'elle passa devant le grand magasin Panzer's.

Le rayon des sous-vêtements pour dames de Panzer's se trouvait à l'avant du magasin. Olivia saisit l'article le plus loufoque qu'elle put trouver sur le présentoir et se dirigea vers un miroir pleine longueur. Elle pouvait voir, dans le reflet de la glace, que Toby faisait les cent pas nerveusement devant le magasin, tentant visiblement de prendre son courage à deux mains pour la suivre.

Olivia tint le vêtement devant elle; c'était un soutien-gorge en faux léopard tellement pointu qu'on aurait dit qu'il était fait de chapeaux de fête. Dans le miroir, Olivia put voir que Toby était rouge comme une tomate. Il leva les bras au ciel, sortit du magasin et s'assit sur le bord de la fontaine du corridor central, la tête dans les mains.

«La défaite d'un journaliste», se dit Olivia.

Elle fit une petite danse de la victoire.

— J'ai gagné! chantonna-t-elle doucement. J'ai gagné, j'ai gagné, j'ai gagné!

Puis, elle remarqua qu'une vendeuse
la regardait fixement, comme si elle avait
18 têtes.

— Désolée, murmura Olivia.

Elle remit le soutien-gorge sur le présentoir et sortit du magasin à toute vitesse.

Olivia consulta la grosse montre noire
d'Ivy.

« Je pense que j'ai gardé Toby occupé
assez longtemps », se dit-elle, satisfaite
d'avoir fait du bon boulot.

Il était maintenant temps de se rendre
chez Ivy.

Après avoir traversé la foire alimentaire et le corridor central, Olivia put
enfin apercevoir les portes principales
du centre commercial, un peu plus loin
devant elle.

— Ivy! cria quelqu'un. Ivy! cria la voix
de plus belle.

« On me parle! » comprit Olivia en sursautant et en se retournant rapidement.

Quelqu'un lui envoyait effectivement
la main; il s'agissait d'un garçon vêtu de
noir. Tout d'un coup, le ventre d'Olivia se

remplit de papillons alors qu'elle reconnut le petit ami d'Ivy, Brendan Daniels.

— Hé! dit Brendan en s'approchant, son pâle visage illuminé par un grand sourire.

— Brendan, dit Olivia en regardant nerveusement autour d'elle.

Eh oui, Toby était toujours sur ses talons, et il se trouvait à quelques mètres d'elle.

— Qu'est-ce que tu fais ici?

— Pas grand-chose, je flâne, dit Brendan.

Il mit un bras affectueusement autour d'elle.

«Duper Toby, c'est une chose, mais je ne pourrai pas duper le petit ami d'Ivy!» se dit Olivia.

Brendan la sentit se raidir, et il retira son bras.

— Qu'est-ce qui ne va pas, Ivy?

Olivia cligna des yeux; ses méninges fonctionnaient à plein régime.

«La pire chose qui pourrait arriver, ce serait que Brendan se rende compte que je ne suis pas Ivy, se dit-elle. Cela pourrait mettre fin à sa relation avec elle, sans compter qu'avec Toby Decker dans les parages, cela pourrait aussi révéler à tout le monde qu'Ivy et moi sommes jumelles!»

— Ivy ? insista Brendan qui commençait à avoir l'air inquiet.

— Ce n'est rien, dit enfin Olivia. C'est simplement que… j'ai dit à mon père que je serais de retour à la maison avant 16 h 30, et je suis déjà sérieusement en retard.

Elle leva les yeux au ciel en imitant Ivy à la perfection.

— Parfait, dit Brendan en souriant, alors je t'accompagne jusqu'à la maison ! Il faut que je récupère le livre d'anglais que je t'ai prêté l'autre jour pour rédiger ma dissertation ce soir.

Olivia ne bougea pas.

Brendan leva le bras de façon galante et le lui tendit.

— On y va ?

— On va où ? dit Olivia en avalant avec difficulté.

Brendan fronça les sourcils.

— Chez toi, pour chercher mon livre ? demanda-t-il, l'air perplexe.

Olivia laissa retomber ses cheveux devant son visage, comme Ivy avait l'habitude de le faire parfois.

— C'est une idée géniale, croassa-t-elle en prenant son bras.

« Ça ne faisait tellement pas partie du plan ! » se dit-elle.

Ivy se trouvait devant l'agence d'adoption, tentant désespérément de prendre son courage à deux mains afin de pouvoir y entrer. Elle n'enviait pas du tout Olivia, qui était au centre commercial en train de se faire suivre par Toby, mais elle était quand même très nerveuse quant à sa propre mission.

L'enseigne du magasin disait *BÉBÉS DE LAIT*. On aurait dit un joli magasin d'articles pour bébés humains, mais il y avait un minuscule « v » posé à l'envers, dans un coin de la vitrine, alors Ivy savait qu'elle était au bon endroit. Les lieux qui servaient les vampires utilisaient souvent une indication de la sorte afin de signaler leur existence à leurs clients. Si l'agence était comme la plupart des autres commerces dédiés aux vampires, elle serait sans doute cachée à l'arrière du magasin.

À travers la vitrine, Ivy put voir le reflet du haut embarrassant d'Olivia à côté d'un berceau vide ; elle sentit son cœur battre la chamade.

« C'est ici que je pourrais trouver des informations sur mes parents, pensa-t-elle. Et si jamais je n'aime pas ce que je trouve ? »

Puis, elle songea à quel point Olivia était enthousiaste à l'idée qu'elle vienne ici.

« J'espère que tu trouveras ce que nous cherchons », murmura la voix de sa sœur dans sa tête.

Ivy prit une grande respiration, entra, et se dirigea directement vers l'arrière du magasin, où elle trouva une porte sur laquelle on pouvait lire *Réservé au personnel*, dans la section des couchettes. À côté de la porte, il y avait une petite plaque en métal avec un bouton noir, situé sous un haut-parleur rond. Ivy appuya sur le bouton et entendit le faible bruit d'une sonnette résonner quelque part. Quelques instants plus tard, le haut-parleur s'alluma.

Ivy s'approcha.

— Marmelade, dit-elle lentement.

« Au moins, c'est mieux que le dernier mot de passe, songea-t-elle. Je déteste le caramel au beurre. »

— Approchez-vous du miroir, lui intima une voix nasillarde.

Ivy regarda autour d'elle et aperçut, sur un mur avoisinant, un drôle de singe en céramique dont la tête était un miroir. Elle se dirigea vers celui-ci, et il glissa vers le bas, révélant le visage pâle et angulaire d'un homme qui portait des lunettes à double foyer. C'était vraiment toute une tête pour un drôle de singe, et cela fit sourire Ivy malgré elle.

L'homme la regarda d'un air renfrogné.

— Est-ce que je peux t'aider ? demanda-t-il d'une voix monotone et nasillarde.

Ivy se pencha vers l'avant et chuchota :

— Je suis ici pour un rendez-vous avec l'agence d'adoption.

L'homme regarda le haut scintillant d'Ivy par-dessus ses lunettes.

— Est-ce que Serena Star t'a envoyée ? demanda-t-il d'un ton suspicieux.

— Non ! s'exclama Ivy. Je suis... C'est juste mon déguisement. Normalement, je préférerais mourir plutôt que d'être vue habillée comme ça.

— Nom, dit-il.

— Ivy Vega.

L'homme s'éloigna du miroir et regarda plus bas, sans doute vers le livre de rendez-vous. Il leva les yeux vers Ivy, regardant son haut d'un air incertain.

— Prouve-le.

Ivy fouilla dans le sac à dos d'Olivia, en retira sa carte étudiante et la tendit à l'homme.

L'homme regarda à peine la carte avant de la remettre à Ivy.

— Elle a l'air fausse.

— Elle ne l'est pas! s'écria Ivy.

L'homme singe la regarda impassiblement, et Ivy leva les yeux au ciel.

— Que voulez-vous que je fasse de plus? Mordre quelqu'un?

— Très drôle, dit l'homme sans esquisser le moindre sourire.

Ivy soupira d'exaspération. Puis, elle leva une main et retira délicatement l'un de ses verres de contact pour révéler la couleur naturelle de ses yeux.

— Ça va comme ça? interpella Ivy.

L'homme hocha la tête à contrecœur et Ivy entendit un son en provenance de la porte. Elle remit son verre de contact en vitesse et ouvrit la porte avant qu'il n'ait le temps de changer d'idée.

Ivy fut surprise de se retrouver à l'intérieur d'une salle de taille moyenne, remplie de tous les articles imaginables dont un bébé vampire pourrait avoir besoin. Il y avait des petits cercueils noirs super mignons alignés contre le mur et des mobiles de papier en forme de chauves-souris et de lunes pendant du plafond. Le cœur d'Ivy faillit fondre lorsqu'elle vit un petit ensemble sur lequel était écrit *Du sang ?*

— Puis-je vous aider ? demanda une voix derrière elle.

Ivy se retourna et vit une femme à l'allure sympathique dont le pâle visage était ponctué d'un trait de rouge à lèvres de couleur vive. Elle était assise derrière un bureau identifié de *Registre des cadeaux* et regardait Ivy, attendant qu'elle lui adresse la parole.

Ivy se dirigea vers elle.

— Je cherche l'agence d'adoption, dit-elle.

— Avec un chandail comme ça, rétorqua la femme, je crois qu'aucun vampire sain d'esprit ne t'adopterait, ma chérie !

Ivy eut sans doute l'air attristée, car la femme s'empressa d'ajouter :

— Oh, je te taquinais ! Tu dois être Ivy Vega !

Ivy hocha la tête. Au moins, elle n'aurait pas à convaincre une autre personne de son appartenance, et ce, malgré son accoutrement de lapin.

— Mais, ce n'est pas le registre de cadeaux, ici ? demanda-t-elle.

— Registre de cadeaux, agence d'adoption, c'est du pareil au même ! Tout est dans le même système informatique, répondit la femme en tapotant fièrement sur l'écran vacillant de l'ordinateur à côté d'elle. On a simplement besoin de l'autorisation du bureau central de Transylvanie.

Elle lui remit une planche à pince.

— Maintenant, remplis ces formulaires, Ivy Vega, et nous allons voir ce que nous pouvons faire pour toi.

Ivy s'assit sur l'énorme chaise berçante noire qui se trouvait dans le coin de la pièce, et elle commença à remplir les formulaires. *Nom. Date de naissance. Parent adoptif. Mère biologique.* Ivy s'arrêta et leva la tête.

— Est-ce que c'est grave si je ne connais pas la réponse à l'une de ces questions ? demanda-t-elle.

— Fais de ton mieux, ma chérie, lui répondit gentiment la femme.

Quelques minutes plus tard, Ivy lui remit les formulaires. La femme les examina rapidement.

— Laisse-moi deviner. Tu cherches tes parents.

Ivy hocha la tête avec espoir.

— D'accord! dit la femme d'un ton joyeux.

Ivy eut une envie soudaine, qui ne lui ressemblait pas du tout, de lui faire un câlin.

«Ça doit être les paillettes, se dit-elle. Elles m'ont affecté le cerveau!»

La femme prit le téléphone et le tint fermement entre son épaule et sa joue pendant qu'elle entrait les informations dans l'ordinateur.

— Oui, monsieur! dit-elle gaiement dans le récepteur au bout d'un moment. Ah, ce sont de bonnes nouvelles, Vlad, de bonnes nouvelles!

Elle mit sa main devant le combiné et dit à Ivy :

— Je suis la vingt-sixième en attente pour parler à un superviseur des adoptions en Transylvanie!

Une heure et demie plus tard, Ivy était toujours en attente. Elle avait entendu la réceptionniste obtenir des approbations d'au moins 10 personnes différentes en Transylvanie, et l'une d'elles lui avait même donné la recette d'un soufflé parfait à l'hémoglobine.

«La bureaucratie vampirique est vraiment la pire!» se dit Ivy en se calant dans l'énorme chaise berçante.

— Merci encore, Raj! dit gaiement la femme avant de finalement raccrocher le téléphone.

— Ivy Vega, dit-elle, j'ai le mot de passe nécessaire, et ta réponse est en chemin!

Ivy la regarda sceptiquement, mais la femme lui dit :

— Je suis sérieuse, ma chérie, j'ai ce petit bidule de téléchargement sur mon écran en ce moment même!

Ivy se leva d'un bond, son cœur battant soudainement la chamade.

«Ça y est! se dit-elle. Je vais enfin découvrir qui étaient mes parents!»

Des tonnes de questions se bousculaient dans sa tête tandis qu'elle faisait les cent pas dans la salle.

«Sont-ils encore vivants? Est-ce qu'ils s'aimaient? Ont-ils été exclus à cause de leur amour? Pourquoi nous ont-ils laissées?» se demanda-t-elle.

L'ordinateur émit un bip sonore et Ivy s'approcha rapidement.

— Qu'est-ce que ça dit? demanda-t-elle, le souffle court.

La femme appuya sur quelques touches, puis sur quelques autres encore, et elle eut une étrange expression de confusion.

— Es-tu bien certaine que ton nom est Ivy Vega? demanda-t-elle.

— Bien sûr, dit Ivy.

— Eh bien, ma chérie, je suis désolée, mais tu n'es pas dans le système, dit la femme d'un air contrit.

— Quoi? s'exclama Ivy.

— C'est écrit juste ici *Aucun dossier pour Ivy Vega*.

— Il doit y avoir une erreur, dit Ivy en secouant énergiquement la tête. Il doit y avoir un registre qui indique que mon père m'a adoptée. Avez-vous regardé sous Charles Vega?

La femme saisit le nom et son ordinateur émit un autre bip.

— Non, ma chérie, aucun dossier disponible pour l'adoption d'un bébé par un Charles Vega dans les 400 dernières années.

— Aucun dossier ou aucun dossier *disponible*? insista Ivy.

La femme la regarda d'un air ébahi et Ivy leva les bras en l'air.

— C'est que, les vampires sont si secrets, qui sait ce qu'ils sont en train de cacher, là-bas, en Transylvanie?

La femme soupira.

— Je sais que, pour toi, ça doit être comme de se réveiller dans la mauvaise boîte, ma chérie, dit-elle, mais je ne peux rien faire de plus.

Elle griffonna quelque chose sur un bout de papier et le remit à Ivy.

— Voici la boîte de réception de courriels pour les demandes centrales. Tu peux les contacter toi-même; je suis certaine que tu auras une réponse dans les quatre à six mois. Mais, ma chérie, fais-moi confiance, dit la femme en haussant les épaules, tu n'es tout simplement pas dans le système.

Ivy aurait voulu argumenter, mais elle savait que c'était inutile.

— Merci, dit-elle doucement.

Elle prit le papier et se dirigea vers la porte. En traversant le magasin de vêtements pour bébés, elle ne put s'empêcher de penser que son père avait raison, après tout. « Regarde vers l'avenir, disait-il toujours, pas vers le passé. »

« Surtout que, quand je regarde vers le passé, se dit-elle en marchant d'un pas lourd vers la rue, je ne vois absolument rien ! »

CHAPITRE 8

Après avoir cherché le livre de Brendan absolument partout, Olivia déplaça une pile de vêtements noirs avec son pied et se pencha pour regarder sous le lit d'Ivy. En levant la jupe de lit de velours noir, elle se rendit compte, après un moment, que la seule chose qui se trouvait en dessous était le cercueil lustré de sa sœur.

Elle se leva d'un bond.

— Bien sûr qu'il n'est pas là, dit-elle en levant les yeux au ciel comme Ivy l'aurait sûrement fait.

Brendan la regarda en fronçant les sourcils. Elle ne pouvait savoir s'il était amusé, soupçonneux ou inquiet à l'idée que sa petite amie ait complètement perdu la tête.

Olivia scruta désespérément la chambre d'Ivy. C'était le bordel le plus total ; le plancher était jonché de chaussures et de vêtements noirs, à tel point qu'elle pouvait à peine apercevoir le tapis en dessous, et le lit était un véritable nid de sacs, d'oreillers et de cosmétiques. Pour couronner le tout, on aurait dit que le bureau d'Ivy avait été frappé par une avalanche de papiers et de disques compacts. Cela faisait déjà 20 bonnes minutes qu'Olivia cherchait le livre de Brendan.

Elle savait qu'elle devait absolument le faire partir avant qu'Ivy revienne.

« Il va tout découvrir s'il voit deux Ivy au même endroit, se dit-elle, et ce ne sera pas bon du tout ! » Cela avait déjà été assez stressant d'accéder à la chambre d'Ivy ; Olivia avait essayé trois clés différentes avant de trouver celle qui ouvrait la porte d'entrée, puis elle avait dû patienter, mal à l'aise, pendant que Brendan et le père d'Ivy bavardaient amicalement dans le hall d'entrée.

Soudainement, Olivia aperçut le coin d'un livre qui dépassait de dessous une serviette grise traînant sur le plancher. Elle se précipita et retira la serviette humide pour révéler un livre de poche détrempé.

Olivia n'avait jamais, de toute sa vie, été si soulagée de voir un livre ruiné.

— Ah non, dit-elle en apportant le livre à Brendan, il a été mouillé.

Elle le lui tendit avec un air contrit.

Brendan jeta un coup d'œil au livre.

— Ivy, dit-il, c'est le livre de sciences humaines, ça. J'ai besoin du livre d'anglais que je t'ai prêté la semaine dernière.

«Je suis tellement morte», se dit Olivia.

Il fallait qu'elle trouve rapidement le livre de Brendan, autrement il se rendrait compte que quelque chose n'allait pas. Ça, c'était s'il ne l'avait pas déjà deviné, bien sûr.

★ 🦇 ★

Ivy tourna le coin de la rue et regarda tristement sa maison, dominant la côte à l'extrémité du cul-de-sac. Elle vit immédiatement Toby Decker en train de rôder devant la maison de Charlotte Brown, sa voisine.

Ivy se précipita derrière un chêne.

Elle l'épia furtivement tandis qu'il marchait sur le bord du trottoir comme s'il s'était agi d'une poutre. Il sauta en bas du trottoir, lança un regard plein d'espoir vers la maison d'Ivy, puis remonta et continua à marcher en titubant dans l'autre direction.

« Il n'a pas encore abandonné ? » se dit Ivy.

Sérieusement, elle avait eu assez de frustrations pour un après-midi. Elle n'était vraiment pas d'humeur à flâner dans le quartier pendant une éternité en attendant que Toby Decker s'arrête pour la journée.

Malheureusement, les autres choix étaient tout aussi O négatif : si Toby la voyait pénétrer dans la maison habillée comme Olivia, il deviendrait certainement suspicieux, et si elle décidait de reprendre son apparence normale, Toby pourrait deviner qu'il avait eu affaire à un imposteur plus tôt. Pire encore, il pourrait aller dire à Serena Star qu'il y avait des tonnes de reines des damnés totalement identiques qui sillonnaient Franklin Grove.

« C'est tellement moche ! » se dit Ivy en s'appuyant contre un arbre.

Sa maison était entourée, d'un côté, par celle de Charlotte et, de l'autre, par celle des Carlton. Leur propriété couvrait toute la longueur de la côte, jusqu'au point où une ligne de buissons séparait les deux cours. Elle n'avait pas d'autre choix : c'était risqué, mais elle allait tenter de passer derrière la maison des Carlton, de remonter la côte et de passer à travers les buissons pour finalement arriver dans sa propre cour. Elle pourrait ensuite entrer par la fenêtre de sa chambre sans que Toby ne la voie. Il n'y avait pas beaucoup d'arbres pour la cacher tout le long du chemin, mais, heureusement, Ivy avait un avantage : la vitesse des vampires.

Elle jeta un dernier coup d'œil et retint son souffle en attendant que Toby se retourne.

« Attends… Attends… Go ! » se dit-elle.

Elle décolla comme une fusée et courut en direction de la cour des Carlton aussi rapidement que les sandales roses d'Olivia le lui permettaient. Une girouette plantée dans la pelouse tourna à toute vitesse lorsqu'elle la dépassa.

★ ★

— Tu sais quoi ? dit Olivia, désespérée, en lançant une jupe noire dans les airs. Je suis vraiment désolée, Brendan, mais je ne sais pas ce que j'ai fait avec ce livre.

Elle montra sa tête du doigt.

— Toiles d'araignées ! chantonna-t-elle sur un ton frénétique. Mais je te promets de continuer à chercher et de te l'apporter demain, à l'école, d'accord ?

Olivia jeta un coup d'œil nerveux vers l'escalier qui menait à la porte.

« Ivy va arriver d'une seconde à l'autre ! » se dit-elle.

Entre-temps, Brendan continuait à la fixer de son regard impénétrable.

— Es-tu d'accord ? l'implora encore Olivia. J'ai promis à mon père que je mettrais la table pour le dîner, alors tu dois vraiment partir maintenant.

Brendan se dirigea vers les escaliers sans dire un mot.

« Il part enfin ! » se dit Olivia, soulagée.

Puis, il sembla changer d'idée.

« Il y a quelque chose qui ne tourne pas rond », se dit-il en murmurant.

Rendu au bas des marches, il se retourna.

— Tu agis de façon bizarre depuis que je t'ai vue au centre commercial, lui dit-il. La façon dont tu parles, dont tu bouges… Tu n'agis pas comme… comme ma petite amie.

Il regarda Olivia, les yeux pleins d'inquiétude.

— Es-tu sûre que tu vas bien, Ivy ?

Olivia avala et hocha la tête.

Soudain, une expression horrifiée s'installa sur le visage de Brendan, et le cœur d'Olivia faillit s'arrêter.

« Il a tout deviné, se dit-elle. Ivy va tellement me tuer ! »

— Es-tu *fâchée* contre moi ? demanda Brendan d'une voix tremblotante.

« Olivia ne sera pas contente », se dit Ivy en grimaçant tandis qu'elle se tenait derrière sa maison, encore haletante.

Elle avait couru si vite que l'une des sandales de sa sœur avait décollé de son pied comme une fusée et était montée dans les airs. Ivy ne savait même pas où elle avait atterri, mais elle était sérieusement soulagée d'avoir réussi à se faufiler jusqu'ici sans que Toby ne la voie.

Elle sautilla le long de sa maison jusqu'à la fenêtre de sa chambre, qui se trouvait au niveau du sol. Elle s'agenouilla et y aperçut sa sœur.

« Une chance que j'ai laissé cette fenêtre ouverte ce matin ! » se réjouit-elle.

Elle se mit à plat ventre et entra par la fenêtre, les pieds devant.

— Hé! Olivia, cria-t-elle, je suis de retour.

Tandis qu'elle tâtonnait du bout des pieds pour trouver le palier, l'autre sandale tomba dans les marches avec fracas. Elle continua d'une voix forte :

— C'est de Toby Decker dont tout le monde devrait avoir peur. Quel rôdeur !

Olivia ne répondit pas.

— Olivia? lança Ivy. Olivia !

Elle atteignit finalement le sol, ferma la fenêtre et se retourna.

Elle remarqua immédiatement l'expression de panique sur le visage de sa sœur et elle se figea. Pendant un instant, elle ne vit pas ce qui clochait. Puis, quelqu'un sortit de l'ombre; c'était Brendan, et il la fixait du bas des marches.

Ivy observa son petit ami les regarder, Olivia et elle, tour à tour, tandis qu'un froncement de sourcils perplexe se dessinait sur son visage.

«Il vient de m'entendre appeler Olivia "Olivia" ! se dit-elle, en panique. Plusieurs fois ! Et elle est censée être moi !»

Alors qu'elle regardait fixement Brendan, elle se rendit compte que le moment était venu de lui dire la vérité.

« Quand il saura que j'ai gardé ça secret, se dit-elle, il ne voudra probablement plus jamais me voir ! »

CHAPITRE 9

Olivia détacha son regard de sa sœur, qui était figée sur le palier, et regarda Brendan qui la fixait, bouche bée. Il avait l'air encore plus pâle que d'habitude.

— Bren, dit enfin Ivy d'une voix douce, il y a quelque chose que je veux te dire depuis un bon moment déjà.

Elle défit sa queue de cheval et descendit les marches pour le rejoindre.

— Olivia et moi sommes jumelles, dit-elle d'une voix tremblotante.

Brendan lança un regard vers Olivia.

— Tu n'es pas Ivy? demanda-t-il.

Olivia secoua la tête.

— Une minute, dit-il, et, pendant un instant, Olivia crut qu'il allait perdre connaissance.

Ivy saisit sa main pour le stabiliser et Brendan cligna des yeux.

— Cette main, on dirait qu'elle est à *toi*.

Ivy sourit.

— C'est parce que *c'est* la mienne, dit-elle doucement.

— Vous deux... vous êtes *ju-jumelles* ? bégaya Brendan.

Ivy hocha la tête.

— Nous nous sommes rencontrées pour la première fois au début de l'année scolaire, expliqua-t-elle. Je ne savais même pas que j'avais une sœur jumelle avant ça.

« Au moins, nous n'aurons plus à garder le secret », se dit Olivia.

— Je dois m'asseoir, dit sèchement Brendan.

Il retira sa main de celle d'Ivy et se dirigea vers le lit d'un pas incertain.

Ivy le suivit en parlant de plus en plus vite.

— Au début, nous n'avions même pas remarqué à quel point nous nous ressemblions. Mais, à part le fait qu'Olivia est une meneuse de claques, nous sommes quasiment identiques.

Brendan secoua la tête.

— Je ne comprends pas, dit-il. Pour-quoi ne ressemble-t-elle pas à une meneuse de claques en ce moment?

— Parce que, dit Ivy en grimaçant, nous avons échangé de place.

Brendan cligna lentement des yeux.

— Bren? dit Ivy d'une voix tremblante.

Une larme solitaire descendit le long de sa joue, et Olivia sentit ses propres yeux se remplir de larmes.

— Est-ce que ça va?

Brendan ne répondit pas.

«S'il te plaît, s'il te plaît, ne romps pas avec elle», supplia Olivia en silence en se mordant la lèvre.

Quand Brendan parla enfin, sa voix était rauque.

— Je... J'ai de la peine à y croire... des jumelles perdues de vue? C'est comme dans un livre de contes.

Ivy prit une grande respiration.

— Je comprendrai si tu ne veux plus jamais me revoir, Brendan.

Sa lèvre tremblait follement.

— J'aurais dû te le dire. Je *voulais* te le dire...

Brendan se leva brusquement et essuya délicatement une larme qui coulait sur le visage d'Ivy avec son pouce. L'autobronzant fut ainsi effacé, révélant une bande de peau pâle. Brendan sourit et lui fit un câlin.

— Je suis un peu perplexe, mais je ne suis pas fâché, chuchota-t-il.

Ivy le serra très fort dans ses bras.

Olivia, elle, s'essuya les yeux et laissa échapper un énorme soupir de soulagement.

— Il y a autre chose, dit Ivy en reniflant et en défaisant son étreinte après un moment.

— Tu veux dire que tu as un secret encore plus gros que le fait d'avoir une sœur jumelle ? la taquina Brendan.

Olivia rit nerveusement.

— Olivia et moi ne sommes pas *complètement* identiques, commença Ivy. Elle n'est pas une vampire.

Brendan n'en croyait pas ses oreilles.

— Ivy ! chuchota-t-il d'un ton désapprobateur en lançant un regard à Olivia.

— Il fallait que je le lui dise, Brendan, dit Ivy.

Olivia fit un pas vers l'avant.

— J'ai promis à Ivy que jamais je ne le dirais à qui que ce soit, et jamais je ne le ferai, Brendan. Je ferai tout pour garder le secret des vampires.

Brendan la regarda d'un air sceptique.

— C'est pourquoi je suis habillée comme Ivy en ce moment… pour empêcher que Toby Decker ne la suive.

— Mais qu'est-ce que Toby Decker a à voir dans tout ça ? demanda Brendan.

— Serena Star lui a demandé de m'espionner en espérant découvrir quelque chose de sensationnel, expliqua Ivy.

— Ah, dit Brendan. J'imagine que ça explique tout ça alors.

Il rit.

— C'est complètement fou, mais ça explique tout ça, ajouta-t-il.

Ivy et lui se firent un autre câlin, et Olivia se rendit compte qu'elle avait très mal aux pieds après avoir marché tout l'après-midi avec les lourdes bottes de sa sœur.

— Hé ! maintenant que le secret est sorti, interrompit-elle, est-ce qu'on peut reprendre nos places ?

Ivy regarda son haut rose scintillant.

— Absolument !

— Oh, pleurnicha Brendan pour rigoler, c'est dommage, je te trouve vraiment belle en rose.

— Vraiment ? s'exclamèrent Olivia et Ivy à l'unisson.

— Non, répondit Brendan d'un ton taquin.

Puis, il fit un clin d'œil à Olivia.

— Ne le prends pas mal, surtout.

— Ne t'en fais pas, dit Olivia en riant alors qu'Ivy et elle se dirigeaient vers le paravent en laque noire, situé dans le coin de la chambre, afin d'échanger leurs vêtements.

Brendan commença à rire lui aussi.

— Là, je comprends pourquoi tu ne trouvais pas mon livre !

Ivy enfila son haut et sortit de derrière le paravent tandis qu'Olivia finissait de se rhabiller.

Les yeux sombres de Brendan s'illuminèrent lorsqu'il la vit.

— Te voilà, dit-il.

Le cœur d'Ivy se mit à palpiter.

Elle sourit, se dirigea directement vers son bureau et sortit le livre d'anglais de Brendan de son fouillis. Elle le rejoignit et le lui tendit.

— Merci, Brendan, dit-elle.

Ce remerciement ne s'appliquait pas seulement au livre qu'il lui avait prêté.

Brendan frôla sa main en reprenant son livre.

— Bienvenue, répondit-il. Mais plus de secrets, d'accord? ajouta-t-il.

— C'est d'accord, dit Ivy en repoussant une chaussure et quelques sacs afin de pouvoir s'asseoir à côté de lui.

— Savais-tu, lui confia Brendan, que lorsque toi et ta sœur êtes nerveuses, vous froncez le nez?

— Je ne fronce pas le nez! protesta Ivy.

— Oui, tu le fais, dit Brendan en souriant gentiment.

Il se pencha vers l'arrière et s'appuya sur ses coudes, étirant ainsi son chandail et mettant en valeur son torse.

— Une sœur vampire et une autre humaine, dit-il. Ça n'arrive pas tous les jours, hein?

— Sans blague, dit Ivy. C'est pourquoi Olivia et moi avons échangé de place cet après-midi. Je suis allée à l'agence d'adoption des vampires pour voir ce que je pourrais découvrir à propos de nos parents biologiques.

La tête d'Olivia sortit de derrière le paravent. La moitié de son visage était encore recouvert de blanchisseur à vaporiser.

— Qu'as-tu découvert ? demanda-t-elle.

— Rien, dit Ivy en haussant les épaules. Ils n'avaient même pas de dossier à mon nom. Apparemment, personne nommé Charles Vega n'a adopté un enfant dans les 400 dernières années ! Je crois qu'ils ont perdu mon dossier.

Le visage d'Olivia s'assombrit.

— Je suis désolée, Olivia, lui dit Ivy.

Olivia soupira.

— J'ai passé tellement de temps à penser à ma mère, à grand-tante Edna et à leur histoire, tu sais, pour ce projet de film, dit-elle d'une voix tremblotante. J'espérais qu'on pourrait au moins en savoir un peu plus sur notre *propre* famille.

Ivy hocha la tête avec compassion.

Olivia demeura silencieuse pendant un moment, mais Ivy ne put savoir avec certitude si une larme descendit le long de la joue blanchie de sa sœur.

— J'ai presque fini, murmura enfin Olivia en disparaissant de nouveau derrière le paravent.

Brendan se leva brusquement.

— On devrait faire une fête ! dit-il.

Ivy se tourna vers lui, incrédule.

— Une fête ?

— Oui, dit Brendan en hochant la tête. À moins qu'Olivia et toi ayez déjà célébré vos retrouvailles en tant que sœurs jumelles ?

Ivy secoua la tête et la voix d'Olivia se fit entendre :

— J'aurais bien besoin d'une fête !

Brendan regarda Ivy.

— Et si on allait à la crypte de ma famille ? On apportera du A négatif de célébration pour toi et moi et on pourra récupérer un smoothie aux fruits pour Olivia en chemin.

Olivia ressortit, de nouveau semblable à elle-même.

— C'est quoi, une crypte de famille ?

— Beaucoup de familles de vampires ont leur propre tombe, expliqua Ivy. C'est comme notre version à nous des résidences secondaires.

— Celle de ma famille est vraiment mortelle, dit Brendan. J'y vais tout le temps pour flâner et jouer de la guitare. Tu vas adorer. Sérieusement.

— Je suis partante, dit Olivia en souriant. Ma mère ne m'attend pas avant 20 h 30.

Ivy sourit.

— Alors, faisons la fête! convint-elle.

— Est-ce que d'autres personnes savent que vous êtes jumelles? demanda Brendan.

— Eh bien, il y a Sophia, répondit Ivy. Elle l'a découvert il y a quelques semaines.

— Alors, invitons-la aussi, suggéra Brendan. Plus on est de fous, plus on rit.

« Tu es sérieusement le meilleur petit ami qui soit », se dit Ivy.

Olivia se pencha pour enfiler la sandale rose qui se trouvait au bas des escaliers.

— Ivy, où est mon autre sandale? demanda-t-elle.

Ivy entendit soudain des pas.

— Mon père s'en vient! cria-t-elle. Il ne doit pas nous voir ensemble! Olivia, tu dois partir!

Brendan chuchota :

— Tu veux dire que ton père ne le sait même pas?

Ivy poussa quasiment sa sœur, qui avançait d'un pas mal assuré à cause de sa sandale manquante, en haut des marches. Lorsqu'elles atteignirent le palier, Ivy ouvrit la fenêtre et aida Olivia à se catapulter au travers. Elle claqua la fenêtre juste à temps pour se retourner et voir son père qui descendait vers elle.

— Bonjour, papa, dit-elle en tentant de ne pas avoir l'air essoufflée.

— Bonjour, Ivy, répondit son père.

— Je, euh, je montais justement pour te dire que Brendan et moi allions sortir, lui dit Ivy.

Le père d'Ivy jeta un coup d'œil vers le bas des marches ; Brendan lui envoya la main amicalement.

— Quelle coïncidence, dit le père d'Ivy et, pendant un instant, elle crut qu'il avait découvert quelque chose. Je pars aussi pour aller inspecter les nouveaux rideaux de madame Wendell.

— Excellent, dit Ivy d'un ton nerveux, nous te suivons alors.

Le père d'Ivy la regarda droit dans les yeux d'un air soupçonneux.

— Ivy, dit-il, et le cœur d'Ivy battit la chamade, as-tu fini tes devoirs ?

Ivy cligna des yeux.

— Presque.

— Alors, tu ferais mieux de revenir d'ici 20 h 30 pour les finir, dit son père. Veux-tu que je te ramène quelque chose à manger ?

— Non merci, papa. Nous allons prendre une bouchée en chemin, dit Ivy.

Brendan et Ivy se lancèrent des regards nerveux en suivant son père dans les escaliers, puis à travers la maison et, finalement, passé la porte d'entrée. Puis, le père d'Ivy l'embrassa sur le front et entra dans sa décapotable noire.

— On l'a échappé belle, dit Brendan tandis que la voiture s'éloignait dans l'entrée.

Puis, Ivy saisit la main de Brendan et le conduisit sur le côté de la maison. Ils y trouvèrent Olivia, quelque peu échevelée après sa sortie précipitée hors de la fenêtre, qui fixait un grand buisson.

— Ivy, qu'est-ce que ma sandale fait là-haut? demanda-t-elle en montrant du doigt la sandale perchée sur une branche, près du sommet du buisson, comme une chauve-souris rose.

En suivant Brendan, Ivy et Sophia dans le plus ancien cimetière de Franklin Grove, Olivia jeta un coup d'œil par-dessus son épaule. Elle avait encore un peu peur que Toby Decker ne les suive, même si Brendan avait minutieusement scruté les alentours avant de quitter la cour d'Ivy. Brendan avait affirmé que Toby ne se cachait pas dans les environs, et ils s'étaient tous entendus pour dire qu'il avait sûrement abandonné et qu'il avait dû repartir chez lui.

« Détends-toi ! » se dit-elle en aspirant bruyamment son smoothie aux fraises et à la mangue.

Elle enjamba avec précaution une pierre tombale en ruines, tout en songeant à quel point elle était heureuse qu'ils aient pu récupérer son autre sandale dans ce buisson.

Rendus au centre du cimetière, ses amis s'arrêtèrent devant un ancien bâtiment en pierre, plutôt bas, qui semblait s'enfoncer dans le sol. Une série de trois arches supportées par des piliers recouverts de lianes formait un auvent naturel. Olivia pouvait à peine discerner, sous l'arche centrale, une porte de pierre massive bordée de gargouilles de bronze terni. Il y avait, au beau milieu de la porte, une plaque carrée sculptée directement dans la pierre sur laquelle un seul mot était écrit : DANIELS. Les lettres semblaient presque incandescentes.

— Prête pour l'enfer ? demanda Brendan à Olivia, qui fit nerveusement oui de la tête.

— Attends de voir l'intérieur, chuchota Ivy.

Brendan se pencha sous l'auvent et fit tourner l'une des griffes de la gargouille de droite. Une série de clics et de bruits sourds se firent entendre et, tout d'un coup, l'énorme porte s'ouvrit. En lançant un sourire par-dessus son épaule, Brendan pénétra dans la noirceur.

Sophia le suivit, puis Ivy l'imita.

Olivia se rendit soudainement compte que son cœur s'agitait comme des pompons. Elle voulait pénétrer dans cette noirceur, elle le voulait vraiment, mais tout ça lui semblait simplement trop *horrifiant*.

La tête d'Ivy réapparut. Elle fit un sourire diabolique à Olivia, saisit sa main et la tira à l'intérieur.

Ivy la dirigea à travers l'obscurité la plus totale et elles descendirent une série de marches inégales. Tout à coup, Olivia entendit frotter une allumette et une minuscule flamme illumina l'obscurité. Elle vit qu'ils se trouvaient dans une sorte d'antichambre ; elle était *énorme*. Il lui semblait presque impossible qu'une si grande pièce puisse être contenue dans la structure qu'elle avait vue à l'extérieur.

Brendan alluma une grosse chandelle dans chaque coin de la salle. Sous le plafond aux allures de cathédrale, les murs étaient recouverts d'étranges marques sculptées profondément dans la pierre, et le sol était rainuré, comme s'il contenait un réseau de minuscules rivières. Une petite tour pointue faite de pierre s'élevait au beau milieu du plancher comme un doigt osseux ; elle était entourée d'une guirlande de fleurs, mortes depuis longtemps.

— Cet endroit est incroyable ! balbutia Olivia.

Il y avait une arche au centre de chaque mur, et chacune d'elle menait à une autre salle.

— Cette salle, dit Ivy en désignant le passage de gauche, est celle où se trouvent toutes les urnes de la famille de Brendan.

Olivia jeta un coup d'œil et vit, du plancher au plafond, plusieurs douzaines de contenants travaillés, tous disposés sur une étagère différente. Elle fut accablée par l'odeur de renfermé qui y régnait et recula.

Ivy lui indiqua ensuite le passage de droite.

— Sa famille entrepose certaines de leurs antiquités les plus précieuses dans celle-ci.

Olivia pouvait à peine entrevoir une élégante chaise longue, quelques candélabres luisants et un grand coffre ancien fait de bois.

— Mais celle-ci, dit Brendan en indiquant la salle du milieu, a une qualité acoustique absolument géniale.

Il y pénétra et alluma davantage de chandelles. Les trois filles le suivirent.

La salle du milieu était bordée d'une série de figures de bronze, grandeur nature, toutes placées en position assise et faisant dos aux murs.

— Est-ce qu'il y a des morts à l'intérieur ? chuchota Olivia.

Brendan secoua la tête et laissa échapper un petit rire.

Brendan, Ivy et Sophia s'assirent sur les genoux des statues tandis qu'Olivia restait debout, au centre de la salle, et scrutait les alentours, étonnée et fascinée tout à la fois. Elle adorait l'immense tapisserie ornée de la silhouette d'un arbre sans feuilles qui était accrochée sur l'un des murs.

Finalement, Olivia s'assit à côté de Sophia sur le bronze frais. Elle se pencha vers l'arrière.

« C'est étonnamment confortable », pensa-t-elle.

Brendan ouvrit son sac à dos et en ressortit des coupes de plastique. Puis, il sortit une bouteille foncée, la déboucha et versa son contenu dans son verre, ainsi que dans ceux de Sophia et d'Ivy.

— Est-ce que c'est… tu sais, bégaya Olivia en tentant désespérément de ne pas paraître trop nulle, du sang ?

— Pas vraiment, dit Sophia.

— *Sophia !* s'exclama Ivy en levant les yeux au ciel.

— C'est vrai ! protesta-t-elle. Ce truc est bourré d'agents de conservation !

Brendan souleva sa coupe.

— Portons un toast, déclara-t-il.

Ivy hocha la tête.

— À la famille, dit-elle en regardant directement Olivia.

— Aux amis, poursuivit Sophia.

— Aux secrets, termina Olivia en souriant.

Elle trinqua doucement avec ses amis et, quelques instants plus tard, on pouvait entendre leurs rires résonner dans l'acoustique parfaite de la crypte.

★ 🦇 ★

Ivy fit un câlin d'au revoir à Sophia et à Olivia en ressortant à l'extérieur. Brendan avait décidé d'y demeurer pour se détendre un peu et pour commencer à travailler sur sa dissertation, et Olivia et Sophia avaient décidé de marcher ensemble pour rentrer chez elles puisqu'elles habitaient toutes deux dans la même direction.

— Es-tu certaine, Ivy? demanda Olivia. Mes parents ne me laisseraient jamais marcher seule à la tombée de la nuit.

Ivy sourit.

— Aurais-tu oublié que je suis une vampire? La nuit est mon moment préféré de la journée.

Elle lui envoya la main et se mit en route à travers le cimetière.

Ivy évita les rues principales en profitant de la noirceur qui l'entourait. Elle devait être à la maison dans une demi-heure seulement, alors elle avait encore beaucoup de temps devant elle. En se promenant, elle ne pouvait s'empêcher de penser à quel point elle était heureuse. C'était étrange parce que, de plusieurs façons, cela avait été une journée horrible, en commençant par Serena Star, qui avait essayé de l'accuser à la télévision nationale, jusqu'à sa visite ratée à l'agence d'adoption. Malgré tout, rien de tout cela ne semblait avoir d'importance. Brendan avait raison : il y avait tant de choses à célébrer.

« Il n'était même pas fâché », songea-t-elle tendrement.

Avant même de s'en rendre compte, Ivy gravissait la longue allée menant vers sa maison. Elle jeta un coup d'œil à sa montre : 20 h 25. Elle était pile à l'heure. La voiture de son père était toujours absente, alors elle chercha ses clés dans son sac. Après l'avoir bien fouillé, elle se rendit compte qu'Olivia les avait toujours en sa possession.

« Ce n'est pas grave », se dit-elle.

Elle n'avait qu'à entrer par la fenêtre de sa chambre. Ivy se rendit donc calmement à l'arrière de sa maison et fut abasourdie de découvrir que sa fenêtre était fermée. Elle se souvint soudainement qu'elle l'avait refermée après avoir poussé Olivia à l'extérieur afin que son père ne les surprenne pas ensemble.

Ivy scruta l'arrière de la maison et remarqua que la fenêtre du bureau de son père, qui se trouvait au deuxième étage, était ouverte. Elle sourit.

«Je dois bien avouer qu'être une vampire, c'est plutôt génial. Après tout, se dit-elle en reculant de quelques pas et en jetant un coup d'œil tout autour pour s'assurer que personne ne regardait, ça signifie que je peux faire ceci!»

Elle fit un gigantesque bond et atterrit sur le rebord de la fenêtre du deuxième étage. Elle se glissa habilement à l'intérieur et ferma la fenêtre, puis déambula dans la maison en faisant un arrêt à la cuisine pour prendre un biscuit.

Elle s'arrêta en haut des escaliers menant à sa chambre et évalua les dégâts.

«Je ne pensais pas que c'était possible, se dit-elle en souriant et en secouant la tête, mais Olivia a aggravé le désordre de ma chambre!»

CHAPITRE 10

— Plusieurs croient qu'il n'y a aucun secret inavouable à Franklin Grove, dit Serena Star alors que la télévision s'allumait dans la salle familiale.

Olivia s'affala sur le divan, soulagée de ne pas avoir manqué le bulletin de nouvelles du matin. Elle s'était réveillée en retard à cause de la fête dans le cimetière et du fait qu'elle soit restée debout tard pour terminer ses devoirs.

— Ils disent, continua Serena tandis que la caméra la suivait dans la rue principale, que la culture gothique, ici, n'est pas plus néfaste que le football.

Olivia remarqua que Serena portait le même complet de suède couleur caramel qu'hier. En fait, on aurait dit qu'elle l'avait porté pour dormir. Son maquillage avait aussi l'air un peu mis à la hâte.

— Et peut-être ont-ils raison, termina soudainement Serena Star.

« Ah oui ? » se dit Olivia en se redressant.

— J'aurais aimé pouvoir vous donner plus de réponses ce matin, chers téléspectateurs, mais — le visage de Serena changea soudainement d'expression et passa de sérieux à souriant — nous avons tous été surpris et enchantés par les dernières nouvelles d'hier soir ! C'est exact, je parle du mariage surprise de l'actrice Charlene Costa, gagnante d'un oscar et ancienne Miss Amérique, et de l'idole de la musique country, Manny Shucker. Joignez-vous à nous cet après-midi pour voir des extraits inédits d'un vidéo amateur réalisé par la demoiselle d'honneur de Charlene, pour entendre le mot de la fin sur Franklin Grove et pour d'autres reportages captivants lors d'une sensationnelle édition spéciale de *La Star du matin*, plus tard aujourd'hui !

Serena Star fit son célèbre sourire et s'approcha de la caméra.

— Parce que la Star de la vérité doit briller ! Je m'appelle Serena Star. Téléspectateurs, réveillez-vous !

Un sourire s'afficha sur le visage d'Olivia et elle éteignit la télévision.

« Enfin, se dit-elle en se dirigeant à l'étage afin de se préparer pour l'école, voilà la distraction que nous attendions. Serena prendra probablement le prochain avion vers la Californie afin de réaliser un reportage sur Charlene Costa ! »

★ 🦇 ★

Ivy marchait dans le corridor pour se rendre à son premier cours de la journée lorsqu'elle vit les Bêtes regroupées dans un coin. Il y avait assurément quelque chose qui clochait, mais elle ne comprit pas immédiatement ce que c'était ; aucun d'eux ne riait.

« Ils planifient quelque chose de grave », songea-t-elle.

Au même moment, Charlotte Brown passait devant eux avec sa clique de lapins sous-fifres. Garrick leva la tête et Ivy remarqua qu'il portait encore le même t-shirt d'Interna 3 qu'il avait porté tous les autres jours de la semaine.

— Charlotte ! cria-t-il. Attends-moi !

Il laissa ses amis et courut dans sa direction.

Ivy se cacha derrière un drapeau de l'école en espérant entendre un brin de leur conversation, mais elle n'entendit rien. Elle remarqua toutefois que les yeux de Charlotte s'étaient illuminés et qu'elle hochait la tête comme si Garrick venait de lui offrir une virée de magasinage. Puis, Charlotte retourna à la course vers ses amies, Katie et Allison, en criant :

— Devinez quoi ?

Ivy les entendit ensuite ricaner fébrilement alors qu'elles s'éloignaient ensemble dans le corridor.

Garrick, lui, retournait voir ses amis, un regard sournois et diabolique fixé sur son visage, lorsqu'Ivy l'intercepta.

— Qu'est-ce que vous manigancez ? demanda-t-elle.

— Vega, dit Garrick. T'es-tu *encore* réveillée du mauvais côté de ta boîte ce matin ?

Ivy plissa les yeux.

— Tu ne penses pas qu'il serait temps que tu laves ton t-shirt ? répliqua-t-elle. Il est prêt à sortir d'un cercueil sans aucune aide !

— Hé ! riposta Garrick, j'ai reçu un Interna 3 dernier cri tout équipé grâce à la publicité que je leur ai faite. Toi qui pensais que c'était une mauvaise idée de sortir de ce cercueil! On voit bien que *tu* ne sais pas grand-chose.

Ivy leva les yeux au ciel.

— Qu'est-ce qui se passe entre toi et Charlotte Brown?

— Pas de tes affaires, répondit-il.

Ivy se rua sur lui avec son regard de la mort.

La bouche de Garrick s'élargit en un sourire sinistre.

— Je, euh, la passe en *entrevue* pour mon film.

Il leva les sourcils et se gonfla le torse.

— Lorsque Serena Star l'aura vu, elle me *suppliera* de revenir à son émission, ajouta-t-il. Et Charlotte pourrait bien gagner l'oscar de la meilleure victime, ajouta-t-il en lui faisant un clin d'œil.

Puis, il sautilla pour rejoindre ses amis, qui l'accueillirent avec des cris et des hurlements; Ivy les regarda en fronçant les sourcils.

Soudainement, quelqu'un toucha son épaule et, lorsqu'elle se retourna, elle vit Serena Star qui la regardait avec un étrange sourire. Ivy remarqua tout de suite qu'elle avait quelque chose de différent. D'abord, son caméraman n'était pas avec elle, ensuite, elle portait le même complet qu'hier et ses cheveux étaient anormalement plats.

— Je t'ai cherchée partout, lui dit Serena.

Ivy avait eu envie de répondre : « Vous voulez dire que Toby m'a cherchée partout. » Mais elle se ravisa.

— Eh bien, me voici, dit-elle en haussant les épaules. Vous ne partez pas pour Hollywood pour faire votre entrevue avec Charlene Costa ?

— Pas avant d'en avoir fini avec Franklin Grove, répliqua Serena en lui adressant un regard flamboyant. J'ai cru que tu serais heureuse de savoir que j'ai décidé de transformer mon reportage.

Ivy recula d'un pas.

— Que voulez-vous dire ?

— Eh bien, dit Serena en hochant fiévreusement la tête, j'ai passé toute la semaine dans cette ville, et il est évident qu'il n'y a pas de grand secret ici.

Ivy la fixa d'un air incrédule.

— Alors, ce que je compte faire, continua Serena, c'est dresser le portrait d'un Gothique qui est vraiment un *leader* dans cette communauté. Quelqu'un qui est admiré de tous, un véritable modèle. Je ne peux penser à une meilleure façon de démontrer à l'Amérique entière qu'elle n'a rien à craindre des Gothiques. Et devine de qui je vais dresser le portrait?

Serena haussa ses minces sourcils.

Ivy avala.

— Moi?

Serena lui fit un sourire si brillant qu'il faillit l'aveugler.

— C'est exact.

— Vous êtes sérieuse? demanda Ivy d'un ton incertain.

Serena hocha la tête avec enthousiasme.

— Ne le suis-je pas toujours?

« Elle ne blague pas, se dit Ivy. Je pense qu'on a vraiment réussi à la duper. »

— Alors? insista Serena Star. Es-tu prête pour ton gros plan?

— Je n'aime pas vraiment être le centre de l'attention, dit Ivy.

C'était vrai; le simple fait de penser à passer à la télévision suffisait à lui donner un sérieux mal d'estomac. Elle avait déjà trouvé ça assez difficile de faire semblant d'être responsable des décorations au bal de la Toussaint.

— Je ne porte même pas les bons vêtements, ajouta-t-elle en désignant son vieux
chandail noir et ses pantalons noirs évasés.

— Je n'accepterai pas de refus, dit
Serena avec un sourire étincelant.

«Si c'est ce que ça prend pour clouer
le cercueil sur l'intérêt de Serena pour
Franklin Grove une fois pour toutes, se dit
Ivy, je vais le faire.»

Elle s'efforça de lui adresser un sourire
en retour.

— Alors, j'imagine que je suis obligée
de dire oui, dit-elle à Serena.

— On pourrait peut-être faire glisser
l'éventail de pierres précieuses d'Edna d'un
côté à l'autre de l'écran pour ensuite révéler
une carte de l'Italie, suggéra Olivia.

Camilla hocha la tête avec enthousiasme.

— Excellente idée!

Elles étaient dans leur cours d'études
médiatiques et travaillaient sur le scénario-
maquette de leur film. Monsieur Colton
avait dit qu'elles devaient planifier leurs
prises de vue afin de s'assurer d'utiliser
leurs cinq minutes en entier.

Olivia pouvait entendre Garrick et ses amis chuchoter intensément derrière elles. Elle entendit même Garrick murmurer :

— ...sur eBay. Je les ai eus à un prix épouvantablement bas !

— Laisse-moi voir ! chuchota l'un des autres garçons.

Il y eut un bruissement, puis Olivia entendit quelque chose tomber par terre. Elle regarda vers le sol.

« Dégueulasse, se dit-elle en grimaçant. Des prothèses dentaires. »

Elles étaient vieilles, jaunies et pointues.

« Une minute, se dit Olivia, ce ne sont pas de simples prothèses ! »

Garrick ramassa rapidement les dents sur le plancher et les mit dans sa poche. Olivia l'entendit fulminer en se glissant sur sa chaise :

— Vous allez réussir à nous faire massacrer.

« Alors, Garrick a finalement obtenu de faux crocs, se dit Olivia. Au moins, il tente de garder ça secret. Il a peut-être finalement décidé de cesser de jouer les vampires en public ! »

La cloche annonçant la fin de la journée sonna, et Ivy posa sa main sur le cahier ouvert d'Olivia juste au moment où elle allait le refermer.

— Fais semblant de rien pendant une minute, dit-elle doucement. J'ai besoin de te parler.

Les autres étudiants du cours de sciences quittèrent la salle. Monsieur Strain finit de nettoyer le tableau et les regarda, l'air intrigué.

— Nous allons rester quelques minutes pour parler de l'expérience de demain si ça ne vous dérange pas, monsieur Strain, dit Ivy.

— Bien sûr que non, répondit monsieur Strain. Je suis heureux de voir que vous commencez enfin à prendre l'exploration scientifique au sérieux, mesdemoiselles.

Il ramassa une énorme pile de papiers sur son bureau, les entassa dans son porte-documents et sortit de la classe, laissant Olivia et Ivy seules.

— Qu'est-ce qu'il y a ? demanda Olivia

— Serena Star veut m'interviewer, répondit nerveusement Ivy.

— Pas vrai ! s'exclama Olivia. Je pensais qu'elle abandonnait.

— C'est ce qu'elle fait, répondit Ivy en hochant la tête. Elle dit qu'elle veut dresser le portrait d'un étudiant gothique qui est un bon modèle pour la société.

— Excellent ! déclara Olivia. Au moins, toute cette histoire de secret inavouable et de vampires semble être terminée.

— J'imagine, soupira Ivy. Par contre, je ne suis pas certaine de savoir ce qui est le plus douloureux : se faire dévoiler et être brûlée au bûcher ou se faire interviewer à la télévision nationale par Serena Star !

Elle sentait une foule de chauves-souris grouiller dans son estomac chaque fois qu'elle pensait à sa prochaine entrevue.

— Oh, arrête, dit Olivia en donnant un petit coup de coude rassurant à sa sœur. Tu vas être géniale. En tout cas, j'avais aussi quelque chose à te dire.

— Quoi donc ?

— Aujourd'hui, dans le cours d'études médiatiques, dit Olivia en baissant le ton, Garrick Stephens a accidentellement échappé quelque chose par terre.

— Comme quoi ? Son cerveau ? blagua Ivy.

Olivia lui fit un petit sourire.

— Comme s'il en avait un! répondit-elle en blaguant à son tour.

Puis, elle secoua la tête et son expression devint sérieuse.

— De faux crocs, dit-elle à Ivy.

Ivy fit une moue.

— Mmh, Garrick agissait vraiment de façon bizarre avec Charlotte Brown, admit-elle. Il parlait de son projet d'études médiatiques, et il a fait un commentaire à propos du fait qu'elle gagnerait l'oscar de la meilleure victime.

Olivia écarquilla les yeux.

— Tu ne penses pas qu'il va essayer de la mordre? chuchota-t-elle. Il ne serait pas aussi stupide que ça?

Ivy lui lança un regard incertain.

— N'oublie pas qu'on parle des Bêtes.

— Viens! lui dit Olivia en refermant son cahier. Garrick est incroyablement obsédé par l'idée de reparaître à la télévision, et il est certain qu'une histoire impliquant de faux crocs et une meneuse de claques ferait en sorte qu'il se fasse remarquer. On ferait mieux de trouver Charlotte.

— Et vite! consentit Ivy en s'emparant de son sac.

Elles sortirent de la classe à toute vitesse pour s'engouffrer dans le corridor.

— Il n'y a eu aucun cas de morsure par un vampire depuis plusieurs générations, raconta-t-elle à Olivia tandis qu'elles se dirigeaient, à la course, vers le hall d'entrée. Si Garrick tente de mordre Charlotte avec ses faux crocs, il fera exactement ce que nous essayons désespérément d'éviter : révéler l'existence des vampires !

Ivy aperçut la queue de cheval blonde de Charlotte plus loin dans le corridor, ainsi que la silhouette sombre de Garrick Stephens qui la suivait, le dos voûté.

Ivy et Olivia les traquèrent en courant dans le corridor, et Ivy eut tout juste le temps de tourner le coin avant de voir Garrick s'engouffrer dans la salle d'études médiatiques. Elles s'approchèrent discrètement de la porte et regardèrent par la fenêtre.

À l'intérieur, Dylan Soyle manipulait la caméra vidéo de l'école, tandis que Kyle Glass ajustait une grosse lumière et que Ricky Slitherman, portant un énorme casque d'écoute, installait le micro d'une perche pelucheuse. Charlotte, pour sa part, était assise sur une chaise placée au centre de la salle, illuminée par un projecteur. Elle se regardait dans le miroir d'un poudrier rose en plastique, se mettait plus de maquillage et gonflait ses cheveux. Ivy la regarda pratiquer une gamme d'expressions faciales : un grand sourire, une moue séduisante, une bouche grande ouverte par la surprise. Puis, elle s'envoya un gros baiser.

« Eh bien, elle fait vraiment de son mieux pour avoir l'air juteuse », se dit Ivy.

— Où est Garrick ? chuchota Olivia.

Ivy scruta la salle et dirigea le regard de sa sœur vers un coin sombre à l'arrière. Les mains de Garrick étaient placées devant son visage, comme s'il tentait d'insérer quelque chose dans sa bouche.

— S'il te plaît, dis-moi que ce n'est qu'un morceau de gomme, dit Olivia d'une voix tremblotante.

— J'ai bien peur qu'il s'agisse des crocs, chuchota Ivy.

Elles pouvaient voir que les lèvres de Garrick étaient légèrement bombées lorsqu'il fit un sourire macabre, bouche fermée, à l'intention des autres Bêtes.

À ce moment précis, Dylan Soyle commença à tousser. Ivy ne pouvait l'entendre à travers la porte, mais elle voyait clairement qu'il faisait semblant. Tout d'un coup, il s'arrêta et, lorsqu'il retira ses mains de devant son visage, Ivy put voir qu'il avait aussi quelque chose dans la bouche.

Kyle et Ricky avaient également une bosse suspecte derrière leurs lèvres. Garrick n'était pas le seul à porter des crocs — ils en portaient tous !

« Ils se préparent vraiment à mordre Charlotte ! » pensa Ivy, incrédule.

Elle jeta un coup d'œil vers Olivia et vit qu'elle était blanche comme un drap.

Garrick prit place derrière la caméra, et Charlotte replaça son poudrier et son maquillage dans son sac. Quelques instants plus tard, Dylan appuya sur un bouton de la caméra, et Garrick désigna sa vedette d'un doigt crochu. Juste au bon moment, Charlotte fixa un sourire sur son visage.

Les autres garçons glissèrent le long des murs de la salle tandis que Garrick regardait dans le viseur. Il dit quelque chose à Charlotte. Ivy entendit juste assez clairement pour savoir qu'il s'agissait d'une question ; l'entrevue venait de commencer.

Charlotte prit une grande inspiration, fit battre ses cils, et commença à s'adresser directement à la caméra.

Garrick hocha la tête de façon encourageante tandis que les autres Bêtes se rapprochaient derrière elle. Avec son maquillage épais et ses expressions exagérées — sans compter le fait qu'Ivy ne pouvait entendre un seul mot de ce qu'elle disait —, Charlotte avait vraiment l'air de la victime typique d'un vieux film muet de vampires.

— Nous devons les arrêter! croassa Olivia.

Les Bêtes se pourléchaient les babines de façon affamée tandis que Charlotte jacassait pour la caméra, totalement insouciante.

— Oui, consentit Ivy.

Olivia essayait de ne pas tomber en hyperventilation.

— Mais ils sont quatre et nous ne sommes que deux. Et ils sont tous des vampires!

Elle chercha désespérément son souffle.

— Je veux vraiment, vraiment me rendre jusqu'en neuvième année, tu sais.

Ivy serra la main de sa sœur.

— Olivia, j'ai côtoyé les Bêtes toute ma vie. Ils ne sont qu'une bande de mauviettes! À nous deux, c'est certain qu'on peut les arrêter, dit-elle d'un ton confiant. À trois, on y va, continua-t-elle en posant sa main sur la poignée. Un, deux…

— Attends! dit Olivia en saisissant la main de sa sœur. Si jamais quelque chose arrive…, je veux ton haut rouge foncé.

Ivy sourit.

— Trois!

Elle tourna la poignée et ouvrit doucement la porte, mais un bruit inattendu les empêcha de continuer. Elles regardèrent furtivement à l'intérieur et virent que Dylan Soyle toussait encore comme un vrai malade.

— Arrête de tousser, Dylan! fulmina Garrick. Tu ruines le… euh… la prise de vue!

Mais Dylan continua de plus belle. Au bout d'un moment, Charlotte se retourna dans sa chaise, les lèvres tordues dans une expression de contrariété.

— Va donc boire quelque chose, dit-elle méchamment.

C'est à ce moment qu'Olivia remarqua que la bouche de Dylan n'était plus gonflée.

« Il a ôté ses crocs! » réalisa-t-elle.

Soudainement, Dylan se dirigea vers la porte; Olivia et Ivy s'ôtèrent du chemin juste à temps pour le laisser sortir en trombe dans le corridor. Il courut en direction de la toilette des garçons, l'air nauséeux.

De l'endroit où elle se tenait accroupie, de l'autre côté de la porte, Ivy sourit à Olivia et articula silencieusement le mot «Dégonflé!».

Maintenant que la porte était ouverte, Olivia et Ivy pouvaient entendre exactement tout ce qui se disait à l'intérieur.

— Continue, Charlotte, dit Garrick en faisant des gestes frénétiques derrière la caméra. Ne t'arrête pas!

— Ce n'est tellement pas professionnel, marmonna Charlotte en s'ajustant dans sa chaise. Comme je le disais, poursuivit-elle en souriant de nouveau, la vie d'une meneuse de claques est remplie de hauts et de bas, de sauts et de culbutes. Comme une vraie routine de claques!

Cachés derrière Charlotte, Ricky et Kyle se montraient du doigt tour à tour, comme s'ils procédaient à un concours silencieux. Olivia sourit à Ivy de l'autre côté de l'embrasure de la porte.

«Ils ne savent pas qui devrait y aller en premier!» pensa-t-elle allégrement.

Kyle se racla soudainement la gorge.

— Qu'est-ce qu'il y a encore ? tempêta Charlotte.

— Rien, bégaya Kyle. Euh, je vais juste aller voir si Dylan va bien.

Sur ces paroles, il se précipita hors de la salle sans même jeter un regard en arrière.

— Tu ne travailleras jamais plus dans cette ville ! lui cria Garrick.

Puis, il reluqua Charlotte, clairement déterminé à récupérer la situation.

— Continue, s'il te...

— Garrick ? dit Ricky d'un ton gêné. Je n'ai pas faim non plus.

On aurait dit que Charlotte était sur le bord de faire la plus grosse crise de nerfs de toute l'histoire de Franklin Grove.

— Faim ? dit-elle en bondissant de sa chaise. Je suis en train d'illuminer le grand écran et vous ne pensez qu'à manger ?

Ricky marmonna une excuse et s'en alla en se traînant les pieds.

— Garrick Stephens, dit Charlotte en avançant vers lui d'un pas décidé, tout est de ta faute !

Elle le repoussa du bout du doigt avec colère.

— Il va falloir que je recommence tout depuis le début !

Charlotte regarda soudainement la bouche de Garrick d'un air soupçonneux.

— Es-tu en train de mâcher de la gomme alors que je fais mes débuts au grand écran ? s'enquit-elle, incrédule. Crache ça tout de suite !

Les yeux creux de Garrick s'éteignirent en signe de défaite. Il tourna le dos à Charlotte et Olivia le vit recracher les crocs dans sa main.

— Le monde du showbiz, murmura-t-il tristement.

Garrick remit les crocs dans sa poche et fit signe à sa vedette de retourner à son siège. D'un ton monotone et morose, il dit :

— Charlotte Brown, meneuse de claques, prise deux.

— C'est meneuse de claques en chef, espèce d'idiot ! corrigea Charlotte.

Olivia et Ivy s'éclipsèrent discrètement dans le corridor, se précipitèrent dans les toilettes du pavillon des sciences et s'esclaffèrent.

— J'aurais dû savoir qu'ils n'allaient pas aller jusqu'au bout ! s'écria Ivy.

— Je dirais que Charlotte est la seule à avoir fait couler du sang dans cette salle ! blagua Olivia.

Un moment plus tard, Ivy jeta un coup d'œil à sa montre et son sourire fondit comme neige au soleil.

— Ah non, grimaça-t-elle. Je suis censée rencontrer Serena Star dans les bureaux du *Scribe* dans cinq minutes pour mon entrevue !

Elle se regarda nerveusement dans le miroir.

— Ne t'inquiète pas, dit Olivia. Tu es très belle.

Elle ajusta les épaules du chandail noir de sa sœur afin qu'il tombe bien droit sur ses pantalons.

— Si Charlotte a pu survivre à son entrevue avec un vampire, je sais que tu survivras à la tienne avec Serena Star !

CHAPITRE 11

Ivy vit, à travers la fenêtre de la porte du bureau du *Scribe*, une installation qui lui fit constater à quel point le tournage des Bêtes était amateur. La table des journalistes avait été retirée, et le plafond avait été transformé en une marquise de lumières et de microphones. Deux somptueux fauteuils de cuir se faisaient face sur un carré de tapis fixé au plancher de linoléum et, à côté de chacun d'eux, se trouvait une petite table basse.

Ivy remarqua que Camilla était là, en train de parler au caméraman. À côté d'eux se trouvait la plus grosse caméra de télévision qu'Ivy avait vue de toute sa vie, et elle était orientée directement vers les deux fauteuils.

« Est-ce que c'est une caméra ou une arme diabolique ? » se demanda-t-elle nerveusement.

Serena Star aperçut soudainement Ivy à travers la fenêtre. Elle bondit vers la porte et l'ouvrit.

— Entre, dit-elle avec un étrange sourire.

Ivy constata que Serena avait désormais de grosses poches mauves sous les yeux et que plusieurs mèches de ses cheveux étaient hérissées dans de drôles d'angles. Son rouge à lèvres était appliqué inégalement et Ivy crut même voir une tache sur le revers de son complet, le même qu'elle avait porté la veille.

« Au cours de la dernière journée, songea Ivy, Serena est passée de parfaitement coquette à légèrement déséquilibrée. »

Ses yeux étaient maintenant déraisonnablement écarquillés.

Camilla salua Ivy de la main.

— Tu es vraiment belle, dit-elle. Martin a été assez gentil pour me laisser l'assister. Puisque je suis dans le cours d'études médiatiques, j'ai pensé qu'il serait intéressant de voir comment une entrevue en direct se déroule.

— En direct ? dit Ivy en tremblant.

Elle regarda Serena.

— Ça va passer à la télévision *tout de suite* ?

Serena hocha la tête.

— On ne sait jamais ce qui pourrait arriver, chantonna-t-elle en dirigeant Ivy vers le fauteuil le plus éloigné. Martin, il nous reste combien de temps ?

— Deux minutes, dit le caméraman.

Ivy commença à voir des points noirs du coin des yeux, mais elle se rendit compte que ce n'était que Martin qui faisait des essais avec l'éclairage.

« C'est déjà assez dur de devoir paraître devant la caméra, songea Ivy. Maintenant, je dois paraître à la télé en direct ? »

— Elle a l'air plutôt pâle, Serena, dit Martin. Est-ce que je devrais lui mettre du fard à joues ?

— Non ! répondit rapidement Serena. Elle est *parfaite*.

Même le sourire d'encouragement de Camilla ne suffit pas à empêcher le cœur d'Ivy de battre follement tandis que Martin faisait le décompte derrière la caméra.

— Cinq ! Quatre ! Trois ! Deux !

Il articula silencieusement le mot « Un » et pointa Serena.

— Je suis Serena Star, et ceci est une émission d'après-midi très, très spéciale de *La Star du matin*, annonça-t-elle. Dans quelques minutes, je vous montrerai des vidéos inédites du mariage secret de la starlette Charlene Costa. Mais, avant ça, joignez-vous à moi pour le dernier épisode choquant de mon enquête journalistique d'une semaine sur la petite ville de Franklin Grove — que certains surnomment Franklin *Grave*. Je crois que vous serez d'accord avec moi pour dire qu'elle n'est rien de moins que... terreurifique !

Ivy pouvait imaginer le graphique affichant le mot « Terreurifique ! » apparaître sur les écrans des téléviseurs, à l'échelle du pays, en ce moment même.

— Voici Ivy Vega, une étudiante typique de huitième année de Franklin Grove.

La caméra pivota vers Ivy, qui força un sourire.

— *Mais l'est-elle vraiment ?* ajouta Serena Star avec un regard entendu. Ivy, dit-elle, je sais que vous êtes rédactrice pour le journal de l'école. Qu'est-ce qui vous a intéressée au journalisme?

«Quelle question moche!» se dit Ivy.

— Eh bien, j'ai toujours aimé écrire, dit-elle simplement.

Elle attendit la prochaine question, mais Serena ne la regarda pas. En fait, elle ne semblait même pas avoir entendu sa réponse; elle était beaucoup trop occupée à échanger des regards avec Martin, le caméraman.

Ivy combla rapidement le silence.

— J'ai déjà été meneuse de claques, lança-t-elle.

«Pendant environ trois jours», songea-t-elle en grimaçant.

— Mais ce n'était pas vraiment pour moi. Donc… je me suis jointe au journal de l'école.

Martin étendit son bras et déposa un grand verre d'eau sur la table à côté du fauteuil d'Ivy.

— De l'eau? offrit Serena Star sur un ton effervescent, en revenant soudainement à la vie.

— Non merci, dit Ivy.

— Tu n'as pas soif? insista Serena.

« Serena Star est encore pire que Garrick Stephens pour faire une entrevue », se dit Ivy.

— Non, pas vraiment, répondit-elle.

Serena lui lança un regard irrité.

— J'insiste.

Ivy haussa les épaules, prit le verre d'eau et en but une minuscule gorgée. Serena Star se pencha vers l'avant, impatiente de voir ce qui allait se produire.

En fait, l'eau faisait du bien. Ivy ne s'était pas rendu compte que sa bouche était sèche. Elle prit une grosse gorgée et l'on aurait dit que Serena allait carrément tomber en bas de son fauteuil.

« Depuis quand le fait boire de l'eau était-il devenu un événement important ? » songea Ivy.

Ivy déposa son verre sur la table ; elle était prête pour la prochaine question. Serena se replaça dans son fauteuil ; elle avait l'air déçue.

— Euh… lequel des articles que tu as rédigés préfères-tu ? demanda-t-elle.

— J'ai fait une série d'articles sur l'histoire de l'école secondaire de Franklin Grove et j'ai gagné un prix pour contribution exceptionnelle, expliqua Ivy.

Une fois de plus, Serena sembla perdre tout intérêt à partir du moment où Ivy commença à parler.

— Peu de gens le savent, continua bravement Ivy, mais, en 1924, le président américain Calvin Coolidge a échappé sa montre de poche préférée dans...

— Quel est ton livre préféré? interrompit impatiemment Serena.

Puis, avant même qu'Ivy n'ait eu le temps de répondre, Serena sortit un épais volume de sous son fauteuil. Elle le montra à la caméra avant de le déposer brusquement dans les mains d'Ivy.

— Que dis-tu de celui-ci?

Ivy regarda le livre qui était dans ses mains. « La Bible? » pensa-t-elle.

Serena Star lui lança un regard accusateur.

— Eh bien, c'est certainement un bon livre. En fait, c'est *le* bon livre, dit enfin Ivy en souriant nerveusement.

Les épaules de Serena s'affaissèrent.

Ivy fit soudainement le rapprochement entre les différents éléments de l'entrevue et le comportement bizarre de Serena.

« Une bible, un grand verre d'eau. Elle me teste pour prouver que je suis une vampire! comprit Ivy. Ce n'est pas une entrevue sur moi en tant que modèle; Serena Star essaie de m'exposer! Je gagerais que ce verre était rempli d'eau bénite et que Serena pensait probablement que la Bible me ferait prendre en feu ou quelque chose comme ça!»

Bien entendu, ces croyances religieuses ne fonctionnaient qu'au cinéma, mais quelle autre surprise lui réservait encore Serena?

«Si elle tombe sur quelque chose de vrai, songea Ivy en état de panique, je serai démasquée en tant que vampire à la télévision nationale!»

— As-tu vu son émission sur les sous-vêtements des vedettes? demanda Olivia qui attendait sur les marches devant l'école avec Sophia et Brendan. Son mot du jour avait été «Inbobettable»!

— Non! dit Sophia. Serena Star a vraiment un langage ridicule.

Elle secoua la tête, incrédule.

— En fait, dit Brendan en s'appuyant sur ses coudes de façon à ce que sa chemise noire reste ouverte pour révéler son chandail blanc en dessous, c'est à ce propos que j'ai rédigé mon essai pour le cours d'anglais.

— Tu veux rire! dit Olivia.

Brendan haussa les sourcils.

— Je vais l'intituler «Les mots stupidifiants de Serena Star!», dit-il en riant.

Olivia et Sophia s'esclaffèrent, puis les portes d'entrée de l'école s'ouvrirent et Toby Decker sortit, sa cravate dénouée autour de son cou.

Olivia lui fit un signe de la main et elle alla le rejoindre.

— Hé! Toby, dit-elle. Est-ce que Serena a déjà fini son entrevue avec Ivy?

Toby secoua la tête.

— Non, elle y est encore, répondit-il. Je suis surpris que tu ne l'écoutes pas, d'ailleurs.

— Et toi, monsieur l'assistant spécial? Tu ne devrais pas y être? dit Olivia. Camilla a reçu une invitation spéciale du caméraman, mais je ne pensais pas qu'ils me permettraient d'y assister.

— Tu n'aurais pas pu, mais c'est en direct à la télévision.

Toby haussa les épaules.

— Tu aurais pu la regarder à la bibliothèque avec tous les autres.

— Je ne savais pas que c'était en direct !
s'exclama Olivia.

— Ça l'est, soupira Toby. La seule raison pour laquelle je suis ici, c'est que… euh,
j'ai démissionné de mon boulot d'assistant.

— Ah oui ? dit Olivia, stupéfaite.

Toby hésita ; on aurait dit qu'il se
demandait s'il pouvait se confier à elle.

— Olivia, dit-il enfin, je crois que
Serena est en train de faire une dépression
nerveuse.

— Qu'est-ce que tu veux dire ?

— Elle est convaincue qu'il y a de *vrais*
vampires à Franklin Grove, expliqua Toby,
et qu'Ivy en fait partie.

Olivia sentit la panique monter en elle.

— Mais qu'est-ce qui lui fait croire
une chose aussi ridicule ? demanda-t-elle
nerveusement.

Toby regarda le sol d'un air coupable.

— Olivia, je dois t'avouer quelque
chose. Je vous ai suivis, toi Sophia, Ivy et
Brendan jusqu'au cimetière, hier soir.

Olivia était sans voix.

— Je suis désolé. J'espère que tu n'es
pas fâchée, dit Toby d'un ton suppliant.

J'ai appelé Serena de l'extérieur du cimetière ; je me suis dit que ça l'intéresserait puisqu'elle est convaincue que la culture gothique est en train de corrompre les jeunes de Franklin Grove. Pas que je pense que *tu* sois corrompue, ajouta-t-il rapidement. En tout cas, Serena y est allée et...

La voix de Toby s'éteignit.

— *Et ?* l'encouragea Olivia.

— Et j'ai dû retourner à la maison pour dîner. Mais, plus tôt aujourd'hui, Serena m'a dit qu'elle avait suivi Ivy jusque chez elle et qu'elle avait vu..., hésita Toby.

— Quoi ? dit Olivia en avalant. *Qu'est-ce* que Serena a vu ?

— C'est stupide.

— Toby, qu'est-ce qu'elle a vu ? supplia Olivia en maîtrisant son envie de le secouer.

Toby soupira.

— Elle dit qu'elle a vu Ivy sauter à travers une fenêtre au deuxième étage d'un seul bond.

Olivia couvrit sa bouche de sa main.

— Serena a appelé ça une « démonstration de force surhumaine ». Ensuite, elle a commencé à suivre un fil de pensées bizarre selon lequel les habitants de

Franklin Grove ne sont pas seulement obsédés par les vampires, mais qu'ils sont, en fait, de *vrais* vampires! continua Toby tandis que le cœur d'Olivia battait follement. En ce moment même, elle essaie de prouver qu'Ivy est une vampire à la télévision nationale. J'ai essayé de la convaincre de ne pas faire ça, mais elle a planifié un tas de tests ridicules, comme lui faire boire de l'eau bénite et lui faire manger de l'ail.

Olivia jeta un coup d'œil vers l'endroit où Sophia et Brendan étaient assis. Elle voulait crier. Elle voulait agiter les bras en l'air. Elle était totalement prise de panique. Elle ne pouvait pas parler à Toby une seconde de plus.

« Ivy est réellement en danger! » se dit-elle.

— Je ne trouvais pas ça correct, dit Toby, alors j'ai démissionné. Je veux dire, Serena est allée trop…

On entendit le klaxon d'une voiture, et Toby soupira.

— Je dois y aller, dit-il tristement. Merci de m'avoir écouté, Olivia.

Tandis que Toby s'éloignait, Olivia accourut vers Sophia et Brendan.

— Serena essaie de démasquer Ivy en direct à la télé! s'écria-t-elle. Nous devons la sauver! Venez, venez!

Elle les tira par le bras pour les lever et commença à monter les marches de l'école en courant.

— Attends! dit Brendan. Passons par là!

Il désigna le côté de l'école et Olivia se rendit compte que ce serait effectivement plus court. Brendan et Sophia étaient beaucoup plus rapides qu'elle, même si elle courait à toute vitesse. Elle les suivit, dépassant les fenêtres des classes les unes après les autres.

En approchant des bureaux du *Scribe*, Brendan et Sophia ralentirent abruptement le pas et Olivia leur fonça presque dedans. Tous trois s'approchèrent silencieusement ensemble et s'accroupirent sous une fenêtre ouverte.

Olivia entendit la voix de Serena Star :

— Combien d'heures dors-tu par nuit?

Olivia jeta un coup d'œil à travers la fenêtre. Ivy et Serena étaient assises face à face dans des fauteuils de cuir. Elles étaient entourées de lumières et une énorme caméra pivotait autour d'elles. Olivia vit

Camilla dans un coin ; elle avait l'air de trouver le tout on ne peut plus bizarre. Quant à Ivy, elle bougeait inconfortablement dans son fauteuil, et Olivia pouvait voir qu'elle était totalement paniquée ; elle avait envie d'étendre le bras et de toucher son épaule pour la réconforter. Après tout, le fauteuil d'Ivy n'était qu'à quelques mètres de distance.

Olivia se baissa sous le cadre de la fenêtre et jeta un coup d'œil au débardeur noir et aux pantalons foncés de Sophia.

— J'ai une idée, chuchota-t-elle.

Brendan et Sophia la regardèrent avec intérêt.

— Si Serena Star veut à tout prix un vampire, dit Olivia, pourquoi ne pas lui en donner un ?

Serena Star fixa intensément Ivy.

— Est-ce que tu as déjà pris un bain de soleil ? demanda-t-elle en se penchant vers l'avant, prête à bondir.

Ivy se tortillait dans son fauteuil ; elle ne savait pas quoi répondre.

— Je...

Il y eut soudainement un cri à faire glacer le sang dans le corridor, et Serena bondit sur ses pieds.

— Il se passe quelque chose! annonça-t-elle.

Martin fit pivoter la caméra pour la suivre tandis qu'elle se précipitait de l'autre côté de la salle.

Serena ouvrit violemment la porte et Ivy entendit une voix paniquée crier :

— Un vampire! Il tente de me mordre!

Serena gesticula frénétiquement vers la caméra.

— Nous sommes encore en direct, hein? hurla-t-elle.

Martin, apeuré, hocha la tête. Camilla se tint derrière lui avec un air perplexe.

Ivy s'étira le cou pour essayer de voir ce qui se passait.

« Est-ce que c'est Garrick? » se demanda-t-elle.

Serena sortit sa tête dans le corridor et la rentra immédiatement.

— Ils arrivent! cria-t-elle d'une voix hystérique.

Soudainement, une fille accourut dans le corridor et s'arrêta sur le seuil de la porte.

« C'est Sophia ! » remarqua Ivy en sursautant.

Pour une quelconque raison, toutefois, son amie portait la chemise d'Olivia.

Sophia se retourna pour regarder derrière elle ; l'horreur se voyait dans ses yeux, comme si quelque chose d'horrible s'approchait d'elle. On entendit résonner un rire profond et diabolique.

— Non ! Je vous en prie, *nooooon* ! hurla Sophia.

Une autre forme apparut à côté d'elle, celle d'un garçon vêtu d'une cape noire.

« Brendan ! »

Le cœur d'Ivy fit un bond. Il saisit Sophia et elle se pencha vers l'arrière en exposant son cou de façon dramatique. Brendan montra immédiatement ses dents et se pencha pour la mordre.

— Je le savais ! chuchota Serena avec émerveillement, tandis que Camilla et Martin s'échangeaient des regards incertains.

Au bout d'un moment, Sophia lâcha un cri à glacer le sang, se débattit pour se défaire de l'emprise du vampire et s'enfuit, Brendan à ses trousses.

Serena Star les suivit dans le corridor en gesticulant follement pour que la caméra les suive. Camilla et Martin commencèrent à manœuvrer l'équipement à travers la porte.

Tout d'un coup, Ivy sentit quelque chose tirer sur sa manche. Elle se retourna et vit Olivia accroupie, à côté d'elle, son visage blanchi et ses yeux maquillés d'une épaisse couche de crayon noir. Elle portait des pantalons et un débardeur noirs.

— Échangeons ! chuchota Olivia en pointant le haut d'Ivy et en lui donnant rapidement le sien.

Ivy lança un coup d'œil vers la porte et retira son chandail à toute vitesse. Olivia le saisit et poussa Ivy vers la fenêtre.

Elle l'escalada, la traversa et atterrit sur le sol. Puis, elle entendit Sophia dire d'une voix normale :

— Oh, ça chatouille !

Puis, Brendan dit :

— Salut, maman ! Salut, papa !

Serena Star les interrompit immédiatement en déclarant :

— Et maintenant, une courte pause publicitaire !

Ivy rit doucement en entendant Brendan et Sophia courir dans le corridor en hurlant : « Je suis un vampire ! »

Sophia et Brendan avaient joué leurs rôles à la perfection. Camilla et le caméraman se débattaient pour dégager la caméra géante de la porte ; Serena Star était donc coincée dans le corridor. Olivia s'installa dans le fauteuil d'Ivy en s'efforçant de reprendre son souffle. Elle pouvait entendre, dans le corridor, la voix irritée de Serena Star qui s'excusait maintenant à ses téléspectateurs :

— Lorsque le vampire et sa « victime » se sont écroulés de rire et se sont échappés en courant dans le corridor, votre journaliste à l'œil de lynx s'est rapidement rendu compte que tout cela n'était rien de plus qu'une mascarade abracadabrante — une tentative visant à déjouer la Star de la vérité ! déclara Serena dramatiquement. Toutefois, rien ne me détournera de la véritable histoire qui se cache ici. Retournons à Ivy Vega…

Le caméraman réussit enfin à dégager la caméra et Serena Star tempêta jusqu'à son fauteuil, l'air furieux.

— Ne faisons plus semblant, dit-elle à la caméra d'un ton vexé. Mes chers téléspectateurs, je n'ai pas invité Ivy Vega ici pour qu'elle puisse vous parler de ses activités parascolaires. Je l'ai invitée parce que j'ai découvert le secret inavouable qui se cache au cœur de Franklin Grove, et il est encore bien pire que tout ce que vous pouvez imaginer! Les morts-vivants rôdent ici. Ils parcourent les rues en terrifiant les habitants et en suçant le sang de cette communauté!

Elle fouilla dans son chandail et en sortit un crucifix.

— J'ai d'ailleurs commencé à porter ceci pour me protéger. Eh oui, chers téléspectateurs, des vampires vivent à Franklin Grove!

Les grands yeux de Serena étaient rendus véritablement énormes.

— Et cette étudiante de huitième année est la pire d'entre eux!

— Mais je n'ai pas encore répondu à votre question sur les bains de soleil, dit Olivia.

Serena Star lui lança un regard furieux et Olivia comprit tout de suite qu'elle l'avait dupée.

— Tu es une vampire, fulmina Serena Star, et je vais le prouver.

Du coin de l'œil, Olivia vit le caméra-man regarder Serena, bouche bée, comme si elle avait complètement perdu la tête. Pendant ce temps, Serena sortit un petit sac de plastique à fermeture éclair de la poche intérieure de son veston.

— Ceci contient de l'ail cru, annonça Serena en agitant le sac devant la caméra.

Elle prit la gousse d'ail à deux doigts et la tendit à Olivia.

— Mange-la!

Olivia fit une grimace.

— Non! s'exclama-t-elle.

— *Mange-la!* commanda Serena.

— Ça va me donner une haleine sérieusement horrible, protesta Olivia.

Serena Star plissa les yeux et se tourna vers la caméra.

— Le fait qu'elle refuse de la manger *prouve* qu'elle est une vampire!

Olivia poussa un grand soupir et leva les yeux au ciel. Elle prit la gousse d'ail que Serena Star tenait et la porta à sa bouche.

Puis, elle fit semblant de reconsidérer son geste et lança un regard désespéré à la caméra.

— Vas-y, dit Serena avec dédain.

Olivia fit une grimace apeurée et déglutit dramatiquement avant de déposer la gousse dans sa bouche. Puis, elle mâcha avec une expression affligée. Le regard anxieux du caméraman se promenait entre elle et Serena Star. Enfin, Olivia avala, non sans difficulté.

Ses yeux commencèrent à couler et elle toussa ; l'ail cru était vraiment fort !

Les grands yeux de Serena Star s'illuminèrent et elle pointa Olivia d'un doigt manucuré en signe de triomphe.

— À la poussière, espèce de bête suceuse de sang ! cria-t-elle.

Elle agita les bras vers la caméra.

— Regardez bien, chers téléspectateurs, comment un simple morceau d'ail détruira ce vampire et l'empêchera à tout jamais de menacer à nouveau ses camarades de classe !

Serena se leva d'un bond.

— Et voilà ! Je suis Serena Star de WowTélé et j'ai fait éclater la vérité dans le plus important reportage de toute l'histoire, en plus de sauver l'humanité des forces obscures du mal !

Serena se retourna en attendant qu'Olivia se transforme en un tas de poussière, mais Olivia se contenta de la regarder à son tour avec une fausse expression de stupéfaction horrifiée. Il y eut une très, très, *très* longue pause.

— Tu as arrêté de tousser, bégaya enfin Serena Star.

— Sans blague, murmura Camilla, qui se trouvait dans le coin.

Martin, le caméraman, se cacha la tête dans ses mains.

— Tu ne peux pas me duper ! dit Serena Star d'un ton coléreux.

Elle se tourna vers la caméra.

— J'ai vu cette fille sauter sur un toit ! Elle était dans un cimetière ! Elle a *bu du sang* ! hurla-t-elle.

Olivia cligna des yeux et dit :

— Est-ce que ça va ?

— JE SAIS QU'ELLE EST UNE VAM-PIRE ! hurla Serena.

Martin chuchota quelques mots à l'oreille de Camilla. Il se mit devant la caméra et prit Serena par le coude, mais

elle se dégagea et agita les bras hystérique-
ment en direction d'Olivia.

— ELLE EST LEUR REINE !

— Ça va, dit Martin en l'entourant fermement de son bras.

Il lança un regard grave à la caméra.

— C'était Serena Star, dit-il. Désolé,
chers téléspectateurs.

Alors que Martin la conduisait vers la
porte, Serena s'écria :

— Les vampires existent !

Puis, elle éclata en sanglots.

Olivia l'entendit pleurer en répétant
cette phrase encore et encore tandis qu'on
l'emmenait dans le corridor.

Enfin, Olivia se retourna vers la caméra
et haussa les épaules avec tristesse.

— J'imagine que la Star de la vérité a
trop brillé, soupira-t-elle. On dirait qu'elle
s'est consumée !

Sur ce, Camilla éteignit la caméra et
mit fin à l'entrevue.

CHAPITRE 12

— Nos pensées sont avec Serena Star et nous lui souhaitons un prompt rétablissement. Ici Jack Donnell, dit l'ancien hôte bronzé de *Les déboires des stars,* qui remplaçait Serena Star le vendredi matin. Téléspectateurs, réveillez-vous !

Ivy éteignit la caméra et sourit à son père, qui se trouvait face à elle, assis à la table à manger.

— Plutôt mortel comme histoire, non ?

Son père la regarda avec fierté.

— Tu as certainement fait meilleure impression que ce Garrick Stephens.

Il lança un coup d'œil songeur à sa tasse de thé.

— La seule chose qui me laisse encore perplexe, c'est la façon dont tu t'y es prise pour manger une gousse d'ail entière sans avoir une quelconque réaction.

Ivy avait déjà pensé à ce qu'elle répondrait si son père lui posait cette question.

— Papa, dit-elle d'un ton malin, il faut regarder vers l'avenir, pas vers le passé.

Son père s'adossa contre sa chaise.

— Est-ce que ça veut dire que tu ne me le diras pas ?

— À moins que tu m'aides à en découvrir plus sur mon adoption, dit Ivy.

Son père la regarda tendrement et étendit son bras pour prendre sa main. Ce faisant, il renversa sa tasse de thé et bondit sur ses pieds ; ses pantalons de laine gris étaient complètement détrempés.

— Je dois me changer tout de suite ! dit-il en se précipitant hors de la pièce.

Ivy le suivit du regard en se demandant s'il avait renversé son thé délibérément afin d'éviter de discuter du sujet qu'il aimait le moins.

Vendredi, après l'école, Olivia se rendit au Bœuf et bonjour avec Ivy, Brendan et Sophia afin de célébrer leur victoire contre

Serena Star. Ils prirent la banquette habituelle d'Ivy, près de l'arrière du restaurant, et Olivia leur raconta l'incident « Toby Decker et les sous-vêtements féminins ». Brendan rit si fort que sa limonade rouge lui sortit par le nez.

Soudainement, Olivia vit Camilla entrer dans le restaurant et regarder tout autour d'elle. Elle lui fit un signe de la main et elle s'approcha.

— Salut, tout le monde !

— Salut, Camilla ! répondirent-ils à l'unisson, à l'exception de Brendan qui riait encore comme un fou dans son coin.

— Olivia, dit Camilla, je voulais te dire que j'ai enfin pu réserver la caméra pour…

Elle s'arrêta au beau milieu de sa phrase et regarda Ivy et Olivia, assises l'une à côté de l'autre. Elle cligna des yeux en les regardant en alternance.

— Avez-vous déjà remarqué à quel point vous vous ressemblez ? bégaya-t-elle.

« Certains secrets devraient rester cachés à tout jamais, songea Olivia. Mais certains autres ne le devraient vraiment pas. »

Ivy et elle se regardèrent, et Olivia comprit que sa sœur pensait la même chose.

— Camilla, dit Olivia, je pense que tu ferais mieux de t'asseoir.

Sophia et Brendan se glissèrent obligeamment sur le banc pour lui faire une place.

— Vous êtes comme des clones, dit Camilla d'un ton excité en s'asseyant. Mieux encore, l'une de vous a voyagé à travers le temps pour que vous vous rencontriez !

Olivia rit.

— Mais non, espèce de malade de science-fiction, nous sommes *jumelles* !

— Tu veux rire ! dit Camilla. Comment pouvez-vous être jumelles si tu viens d'emménager ici ?

Olivia haussa les épaules et Ivy dit :

— Nous ne savions pas que nous avions une sœur jusqu'à ce que nous nous rencontrions à l'école, au début de l'année.

— En es-tu bien certaine ? demanda Camilla avec scepticisme. Je veux dire, à part le fait que vous vous ressemblez physiquement, comment pouvez-vous être certaines que vous êtes vraiment jumelles ?

— Eh bien, nous avons la même date de fête, dit Olivia.

— Nous sommes nées dans la même ville, renchérit Ivy.

— Et nous sommes toutes deux adoptées, ajouta Olivia.

Puis, elle leva la main tandis qu'Ivy révélait son collier.

— Des bagues pareilles! dirent Ivy et Olivia à l'unisson.

— Que nos parents biologiques nous ont laissées, expliqua Olivia.

Camilla se pencha vers l'avant pour examiner les bagues.

— Wow! chuchota-t-elle.

— Je l'ai su seulement mercredi, lui confia Brendan.

Camilla s'adossa contre son siège. Après un moment, elle dit :

— Olivia, je suis vraiment déçue que tu ne me l'aies pas dit avant...

Olivia commença à s'excuser.

— Je suis désolée, je...

— ...parce que nous aurions sûrement eu un A+ avec un film intitulé «Les jumelles retrouvées de Franklin Grove», interrompit Camilla avec un large sourire.

Olivia sourit.

— Ce serait un film vraiment court. Avec les choses de ma grand-tante Edna, au moins, on a une histoire à raconter. Ivy et moi n'avons rien pu trouver sur notre passé.

Camilla allait poser une autre question lorsque, tout d'un coup, Toby Decker apparut près de leur table. Il avait l'air si triste qu'on aurait dit que son chien venait de mourir.

— Salut, Toby! dit Olivia. Qu'est-ce qu'il y a?

— Tout va mal, soupira Toby. Maintenant que Serena Star reçoit de l'aide «professionnelle», je n'ai même plus de reportage pour le prochain numéro du *Scribe*.

Olivia hocha la tête en signe de sympathie et se retourna vers sa sœur. Ivy haussa les épaules et hocha très légèrement la tête; Olivia comprit qu'elles avaient eu la même idée.

«De plus en plus de gens vont se rendre compte que nous nous ressemblons, et nous devrons le dire à tout le monde à un moment ou à un autre, alors pourquoi pas maintenant?»

— Toby, dit Olivia, Ivy et moi aimerions te donner la plus grande primeur de ta carrière.

Toby enfouit sa main dans son sac et en ressortit son bloc-notes de journaliste.

— Qu'est-ce que c'est? demanda-t-il en se frayant un chemin à côté d'elle, sur la banquette.

— Ivy et moi sommes jumelles, et nous venons tout juste de nous retrouver, annonça Olivia.

— Ah non, ne commencez pas, protesta Toby en secouant la tête. Vous ne pouvez pas me duper. Si j'ai appris une chose cette semaine, c'est bien de ne pas croire aux histoires farfelues qui ne sont pas basées sur…

Tout d'un coup, Toby resta bouche bée en regardant Olivia et Ivy.

— Vous *êtes* jumelles ! s'écria-t-il.

Ivy et Olivia sourirent et hochèrent la tête.

— Tout d'abord, dit Toby en griffonnant sur son bloc-notes, je veux savoir si vous avez des souvenirs lointains l'une de l'autre.

Ivy chuchota à l'intention d'Olivia :

— Est-ce que ça veut dire qu'on doit le dire à nos parents, maintenant ?

Olivia fronça le nez et hocha la tête.

— Ils devraient probablement le savoir avant le reste de l'école.

Ivy se mit à rire, mais s'arrêta subitement. Olivia suivit son regard vers l'entrée du restaurant.

Garrick Stephens rôdait près de la porte. Pour la première fois depuis plusieurs jours, il portait un t-shirt noir différent. Les trois autres Bêtes entrèrent derrière lui, le dos voûté, et ils se dirigèrent tous vers la table d'Olivia et d'Ivy. Olivia se prépara pour un affrontement, mais ils s'arrêtèrent finalement à quelques tables de la leur, et Garrick baissa les yeux vers des garçons de sixième année qui buvaient des laits frappés.

— C'est notre table ! tempêta Garrick.

— Ouais ! s'esclaffa Kyle. Elle nous appartient.

L'un des garçons les dévisagea.

— On est dans un pays libre.

Garrick s'appuya sur ses jointures et dit, avec dédain :

— Veux-tu te faire mordre ?

— Oooh, dit l'autre étudiant de sixième année avec sarcasme, le gars du cercueil va nous mordre. À l'aide, s'il vous plaît ! Oh, mais où est Serena Star quand a besoin d'elle ?

Le garçon et son ami s'esclaffèrent.

Garrick se redressa. Il avait l'air de chercher une réplique, sauf qu'il n'était pas assez intelligent pour en trouver une. Enfin, il se retourna vers les autres Bêtes et dit en chignant :

— J'aime mieux m'asseoir au comptoir.

— Ouais, on peut faire tourner les tabourets, marmonna Dylan.

Les Bêtes suivirent leur chef à l'autre bout du restaurant.

— Certaines choses ne changeront jamais, dit Ivy en riant.

Olivia leva son verre et ses amis firent de même, à l'exception de Toby et de Camilla qui levèrent une salière et une poivrière.

— Aux Bêtes, dit Olivia. Puisse leur haleine être toujours pire que leur morsure.

Ils rirent tous et trinquèrent leurs verres, salière et poivrière.

Ivy tint son verre en l'air.

— Et aux secrets, dit-elle. Il y en a certains qui ne doivent jamais voir la lumière du jour…

Elle sourit tendrement à Olivia.

— …et d'autres qui ont besoin de lumière pour s'épanouir.

— Oooh! dirent Camilla et Sophia à l'unisson.

Les yeux d'Olivia se remplirent de larmes. Elle avança son verre.

Cling! Cling! Cling! Cling! Cling! Cling!

Croquez à pleines dents dans la prochaine
aventure d'Ivy et d'Olivia dans

Ma sœur est une
vampire
tome 3 : Re-vampirisées!

— As-tu fini? demanda Olivia à sa mère.

Olivia avait enfin réussi à convaincre son père de faire une pause dans son marathon de tai-chi du mardi en secouant un pompon devant son visage, mais sa mère continuait de broder les rideaux du salon.

— Pas tout à fait, murmura sa mère.

— Mais qu'est-ce qui prend autant de temps? insista Olivia.

— C'est une marguerite, marmonna sa mère en plissant les yeux avec concentration, de 34 pétales.

Olivia jeta un coup d'œil à sa montre rose et se rendit compte que moins de deux minutes s'étaient écoulées depuis la dernière fois qu'elle l'avait consultée. Elle se sentait prise dans un décalage temporel ; le temps n'avait jamais avancé si lentement de toute sa vie, et pourtant, le lendemain approchait à un rythme terrifiant. Dans 14 heures et 7 minutes, le *Scribe de Franklin Grove* allait révéler une chose qu'Olivia avait tenue secrète depuis des semaines : lors de sa première journée à l'école secondaire de Franklin Grove, elle avait découvert qu'elle avait une sœur jumelle, jusque-là inconnue. Ce n'était pas vraiment le genre de chose qu'Olivia voulait que ses parents adoptifs apprennent par l'entremise du journal de l'école.

Elle ne pouvait pas attendre une minute de plus avant de tout leur dire, même s'ils allaient trouver ça complètement délirant.

— Maman, dit-elle lentement, je dois te parler.

— Juste 10 pétales de plus, dit sa mère.

Exaspérée, Olivia mit ses mains sur les épaules de sa mère et la secoua doucement :

— Concentre-toi, maman ! annonça-t-elle comme si elle entamait un cri de meneuse de claques. C'est ta fille Olivia qui te parle. Je dois vous dire quelque chose de très, très important à toi et à papa TOUT DE SUITE!

— Ma chérie! s'écria sa mère en bondissant sur ses pieds. Je suis désolée! Tu as besoin de nous parler de quelque chose?

Olivia leva les yeux au ciel. Les parents étaient tellement lents parfois.

— Ne t'en fais pas, dit sa mère en lui prenant la main. Tu peux tout nous dire, tu sais.

— Vous devriez peut-être vous asseoir, suggéra Olivia.

Ses parents s'échangèrent des regards nerveux et s'assirent sur le bout du divan. Olivia prit une grande inspiration et son estomac se remplit de papillons. Elle expira et les mots jaillirent de sa bouche.

— Lors de ma première journée d'école, j'ai rencontré Ivy, et j'ai découvert qu'elle était ma sœur.

La mère d'Olivia hocha la tête comme si elle avait compris, et Olivia se sentit soulagée. Olivia avait parlé d'Ivy à plusieurs reprises, mais elle n'avait jamais permis à ses parents de la rencontrer, car elle avait peur qu'ils remarquent immédiatement leur ressemblance.

— Oui, ma chérie, et je suis très contente que tu te sois fait de si bons amis dans ta nouvelle école, dit sa mère avec un sourire d'encouragement.

— Moi aussi, ajouta son père, l'air totalement perdu.

«Ils n'ont pas compris, se dit Olivia. Ça va être encore plus difficile que je ne l'avais imaginé. »